Paroles de Poilus

Lettres et carnets du front 1914-1918

D'après l'ouvrage original de
Jean-Pierre Guéno et Yves Laplume (Librio)

Sélection tirée d'un album conçu et coordonné
par Jean Wacquet (Éditions Soleil)

Librio

En coédition avec Radio France
sous la direction de Jean-Pierre Guéno

Aux Éditions Librio :

Paroles de Poilus, Librio n° 245
Mon papa en guerre, Librio n° 654

Paroles de Poilus, Lettres de la Grande Guerre, Jean-Pierre Guéno et Yves Laplume, Éditions Tallandier, 1998.
Mon papa en guerre, lettres de pères et mots d'enfants (1914-1918), Jean-Pierre Guéno et Jérôme Pecnard, Éditions Les Arènes, 2003.

Je doute que les nations soient assez sages pour aller après cette guerre, résolument au désarmement et à une paix durable.
Marin Guillaumont, le 14 décembre 1914
(D'origine auvergnate, Marin Guillaumont était instituteur avant la guerre.
Il y fut blessé et gazé et mourut en 1926.)

Pitié pour nos soldats qui sont morts !
Pitié pour nous vivants qui étions auprès d'eux, pour nous
qui nous battrons demain, nous qui mourrons,
nous qui souffrirons dans nos chairs mutilées !
Pitié pour nous forçats de guerre qui n'avions pas voulu cela, pour nous tous qui étions des hommes, et qui désespérons
de jamais le redevenir.
Maurice Genevoix, La Boue

Sommaire

Préface

Un baptême de sang, de larmes et de boue... On a longtemps privilégié le discours officiel, celui qui était né sous les mensonges de la propagande, si active, entre 1914 et 1918... On a longtemps couvert d'une gloire inique certains noms qui ont désigné les places et les avenues de nos villes et qui pourraient être aujourd'hui marqués du sceau de l'indignité universelle et perpétuelle... On a longtemps volontairement sous-estimé le nombre réel de victimes de la Première Guerre mondiale. On a longtemps déplacé le véritable centre de gravité du carnage qui ne se situe ni en 1916 à Verdun, ni dans les offensives désastreuses de 1917, mais dans les premières semaines de la guerre et dans des noms de défaites qui ne sont pas toujours gravés dans la mémoire de nos écoliers : Morhange, Sarrebourg... On a d'autant plus magnifié le courage et la bravoure individuelle de l'obscur Poilu qu'il s'agissait de dissimuler aux yeux de la postérité l'ineffable incompétence de la haute hiérarchie militaire française pendant les premières années de la guerre... Certains historiens ont longtemps prêté leur complicité à la pérennisation de ces mensonges... Pour ne pas perdre la face quand d'autres historiens firent jaillir la vérité, ils prétendirent que l'on « victimisait » les Poilus de 14-18, comme d'autres prétendent aujourd'hui que l'on « victimise » les six millions de martyrs de la Shoah... Le seul fait que ces débats puissent animer l'orée du troisième millénaire prouve que la Grande Guerre reste un sujet d'actualité... Si elle n'a pas fini de livrer ses ombres et ses détours, c'est qu'elle détient dans les méandres de son histoire ces mêmes aberrations qui peuvent encore aujourd'hui permettre à des factions intégristes et minoritaires, comme à certains gouvernants mal avisés, de précipiter dans des guerres monstrueuses les plus grandes démocraties du monde...

Bien avant que des historiens n'arrivent à éventer les fables d'une histoire réécrite en temps réel par la propagande en temps de guerre, la parole individuelle des Poilus de la Grande Guerre disait le vrai poids de leurs souffrances, leurs sentiments de révolte devant l'incompétence et le manque d'humanisme de leurs états-majors. Comme toujours, la parole individuelle des véritables acteurs de l'histoire – je veux parler de ses figurants et non pas de ses têtes d'affiche – a le mérite de faire mentir l'histoire officielle, véhiculée par les États et par la presse qu'ils ont asservie. Le contenu des lettres et des journaux intimes aura toujours raison des communiqués officiels rédigés pour « emballer » l'opinion publique, pour ne pas effrayer les mères, pour rassurer les veuves et les orphelins potentiels, et pour forger l'âme guerrière des futurs conscrits...

Avec sa version Librio et sa version illustrée, *Paroles de Poilus* a été vendu à plus de 1,5 million d'exemplaires et fait aujourd'hui partie des programmes scolaires.

Nous aurions pu nous arrêter là. Mais l'univers de la bande dessinée permet de toucher des publics très larges. Il semblait intéressant de proposer aux virtuoses du genre de travailler d'après les lettres de Poilus, comme ils ont l'habitude de le faire avec les scénarios qui leur sont proposés. En ayant une conviction : la vérité véhiculée par la correspondance des Poilus dépasse en intensité toutes les fictions du monde...

En sollicitant une vingtaine de dessinateurs de bande dessinée contemporains afin de leur donner à chacun carte blanche pour adapter l'une des vingt plus belles lettres de *Paroles de Poilus*, nous ne doutions pas du résultat : les lettres choisies et proposées avaient un formidable potentiel d'image. Chacune d'entre elles nous faisait entendre, avec les mots écrits dans la boue des tranchées, la vibration de l'âme de son auteur en même temps qu'elle nous décrivait les scènes de son martyre... Nos espérances ont pourtant été dépassées. L'imagination de chacun des dessinateurs présents dans cet ouvrage a été décuplée par le pouvoir d'émotion et de représentation qui caractérisait chacune des lettres proposées. Le fusain, la plume, le crayon ont su prendre le relais de la plume sergent major, du crayon ou du crayon à encre dont se servaient les Poilus. Comme si chacun des artistes présents dans ce recueil s'était glissé entre les doigts et dans l'esprit de ceux qui furent les compagnons de son grand-père ou de son arrière-grand-père, tout en respectant la structure donnée dès l'origine à *Paroles de Poilus* : celle de la noria des saisons de l'âme qui avait permis de classer les lettres de façon thématique. Premier été, saison du départ et du baptême du feu. Automnes, saisons ensanglantées, saisons de la mort et du pourrissement. Hivers, saisons des tracas de la nature, des maladies, des problèmes d'intendance, de la vermine et des brimades hiérarchiques... Printemps, saisons du cafard et de la nostalgie. Étés, saisons des amours à distance, des aveux contrariés... Dernier automne, saison des ultimes boucheries et de la paix qui revient...

Les Poilus de la Grande Guerre ont su immortaliser leurs sensations, leurs émotions, leurs états d'âme et leurs cris de détresse dans l'écriture manuscrite de leurs correspondances et de leurs carnets. Aujourd'hui, au moment où les tout derniers Poilus disparaissent, ce sont leurs visions, les paysages de leurs chemins de croix qui reprennent vie, quatre-vingt-dix ans après leurs batailles. Cette adaptation en bandes dessinées est sans doute l'une des meilleures façons de ne jamais les oublier : de traduire en images, en visions d'aujourd'hui, l'inconcevable d'hier et de tous les temps...

Jean-Pierre Guéno
(Directeur des éditions Radio France)

LE RÊVE DE PÉTAIN
(OUVERTURE)

1919 : Philippe Pétain a 63 ans. Sa popularité est considérable. Il est le sauveur de la patrie, le vainqueur de Verdun ; il a été élevé au grade de Maréchal de France le 19 novembre 1918. En cette première année de paix depuis cinq ans Pétain voudrait réaliser un rêve : immortaliser à tout jamais la bravoure de la Nation en faisant d'un obscur Poilu l'étoile emblématique des cinquante-deux mois de guerre qui viennent de déchirer son pays. Afin que nul n'oublie jamais le sacrifice qui vient d'être endossé par huit millions de Poilus et qui a coûté la vie à près d'un million et demi de combattants français. Philippe Pétain demande alors à son entourage d'entreprendre des recherches afin de lui proposer dix noms de Poilus répondant aux caractéristiques suivantes : avoir été engagé dans le conflit dès le premier jour de la guerre : 1er août 1914. Avoir brillé par sa bravoure... Douze noms lui sont proposés. Une enquête complémentaire est alors déclenchée sur le contenu de la correspondance de ces Poilus, afin de vérifier si leur mentalité a toujours été en phase avec leurs états de service...

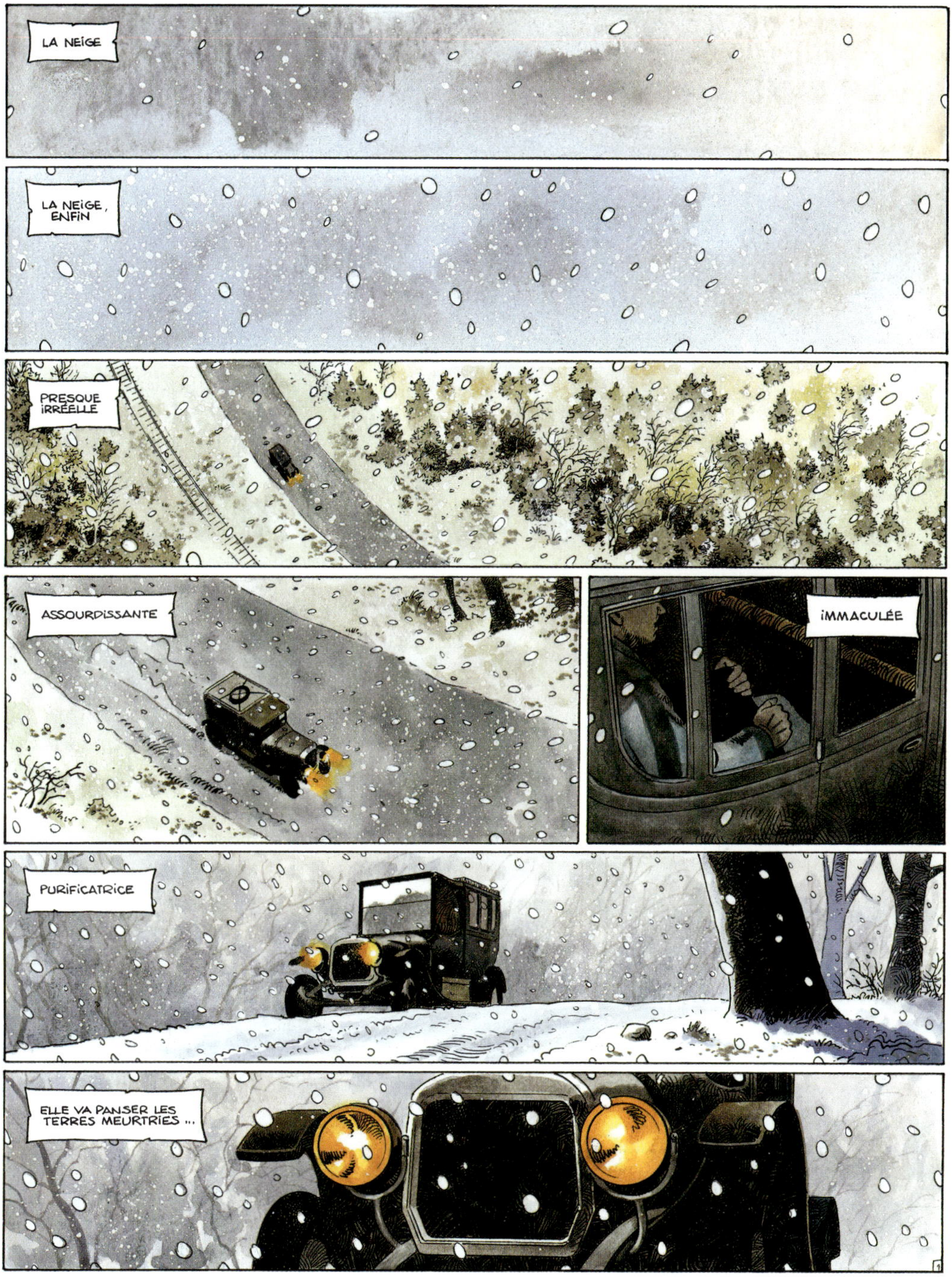
LA NEIGE
LA NEIGE, ENFIN
PRESQUE IRRÉELLE
ASSOURDISSANTE
IMMACULÉE
PURIFICATRICE
ELLE VA PANSER LES TERRES MEURTRIES ...

EFFACER POUR UN TEMPS LES STIGMATES DES COMBATS ...
RECOUVRIR LA VERMINE, MASQUER LA BOUE SANGLANTE, LAVER LES SOUFFRANCES ...
ÉTOUFFER LA PLAINTE MUETTE DES BLESSÉS ET DES MORTS ...
DURANT TOUTES CES ANNÉES ...
LA FRANCE A SOUFFERT AU-DELÀ DU TOLÉRABLE ...
SANS JAMAIS CÉDER FACE À L'HORREUR ...
SANS JAMAIS RENONCER .
ELLE DOIT AUJOURD'HUI ÊTRE HONORÉE COMME IL SE DOIT ...
POUR SON COURAGE, SA FIERTÉ, SA TÉNACITÉ

ENTREZ VITE ! QUELLE TEMPÊTE ! ON N'A PAS VU ÇA DEPUIS 1916 !
PFFF ! GÉNÉRAL !
ENCORE UN PEU ET LA VOITURE NE VENAIT PAS JUSQU'ICI ! QUEL PÉRIPLE DEPUIS PARIS ! TOUTES LES ROUTES SONT GELÉES...
VOUS AVEZ AMENÉ CE QUE LE MARÉCHAL A RÉCLAMÉ ?
ABSOLUMENT ! TOUTES TRIÉES SUR LE VOLET SELON SA VOLONTÉ...
PARFAIT !
MARÉCHAL.
ROMPEZ...
ET PRENEZ PLACE... IL ME TARDE DE DÉCOUVRIR CES FAMEUSES LETTRES. VOUS GARANTISSEZ LEUR AUTHENTICITÉ ?
ELLE EST INCONTESTABLE, MARÉCHAL, NOS SERVICES ONT MENÉ LEURS RECHERCHES LE PLUS SCRUPULEUSEMENT POSSIBLE...
C'EST BIEN CE QUE J'AVAIS DEMANDÉ ? LES LETTRES DE SOLDATS ENGAGÉS SUR LE FRONT DEPUIS LE PREMIER JOUR ?
ABSOLUMENT, MARÉCHAL. NOUS EN AVONS SÉLECTIONNÉ VINGT POUR LEUR MORALITÉ ET LEUR PATRIOTISME.
SI PEU ? MMM...
NOUS EN CONSERVERONS DIX. ILS DEVIENDRONT LES SYMBOLES DE LA NATION QUI A SOUFFERT DIGNEMENT ET QUI A SU SE RELEVER...
NOUS AVONS INTERCEPTÉ CELLES QUI NOUS SEMBLAIENT LE MOINS SUJET À CAUTION, MARÉCHAL, LES PLUS REPRÉSENTATIVES DE L'ESPRIT DE SACRIFICE ET DE COMBATIVITÉ DE NOS SOLDATS...
TRÈS BIEN... VOYONS DONC QUI SERONT LES HÉROS DE LA FRANCE...

PREMIER ÉTÉ

Premier été : saison de la déchirure, des premiers combats, des premières boucheries...

Premier été ; la fleur au fusil... La guerre de mouvement serait courte ; l'empereur Guillaume II y laisserait forcément ses moustaches... La propagande battait déjà son plein, mais beaucoup d'hommes ordinaires ne s'y laissaient pas prendre et ne comprirent pas très bien ce qui leur arrivait lorsqu'ils quittèrent soudainement et dans l'angoisse leur famille et leur emploi. Ils n'avaient pas abandonné les bancs de l'école depuis si longtemps, ces quatre millions de Français mobilisés de la première heure : conscrits de fraîche date, réservistes et rappelés plus âgés qui s'en allaient vêtus de leur pantalon rouge et de leur manteau bleu, la tête rasée, sans casque, à travers les champs remplis de coquelicots et de bleuets, comme pour des grandes manœuvres estivales, que seules les longues marches forcées et la lourdeur du barda pourraient différencier des exercices du temps de paix. Les paysans étaient soucieux : qui moissonnerait ? Qui finirait de rentrer la paille ? Qui labourerait ? Qui vendangerait ? La moisson serait meurtrière et la vendange sanglante ; beaucoup ne survivraient pas à ce premier été : ils tomberaient sous les balles des mitrailleuses ennemies ; ils finiraient crucifiés dans le piège carnivore des fils de fer barbelés ; ils seraient pulvérisés par des tapis d'obus. Ils seraient les premières victimes de la guerre, mais aussi celles des erreurs d'une hiérarchie militaire incompétente qui brillait encore par le culte du sabre et de la baïonnette, et par le mépris de l'artillerie lourde. Et ils tomberaient à l'époque de la rentrée des classes, comme Charles Péguy, comme Alain-Fournier et comme tant d'autres. Un sixième des tués de la Grande Guerre disparaîtrait pendant les deux premiers mois d'un conflit qui durerait plus de quatre ans... Plus de 140 000 en cinq jours d'été, 27 000 pour la seule journée du 22 août 1914, la plus meurtrière de tous les temps. Et leurs papiers militaires seraient déposés avec leur plaque dans une bouteille renversée, fichée dans la glaise au pied d'une croix sommaire ou d'un fusil brisé planté la crosse en l'air. Les premiers disparaîtraient à l'ouest de la Moselle, au fil des premières défaites qui déclencheraient un véritable exode de populations civiles sur les routes de France, et une formidable retraite franco-anglaise. L'armée allemande s'arrêterait à 40 kilomètres de Paris, stoppée par la première bataille de la Marne. Mais il y aurait d'autres premiers étés, d'autres baptêmes du feu, pour quatre millions d'autres jeunes Français qui seraient mobilisés pendant les quatre années qui restaient à venir... Premier été : saison de la déchirure, des premiers combats, des premières boucheries...

Autoportrait

Fils d'un limonadier de Château-Chinon, Henri Aimé Gauthé était un simple soldat de 2e classe qui fut d'abord agent de liaison puis téléphoniste. Son journal de guerre fut écrit dans le feu de l'action. Henri devait avoir les doigts trop souvent sales, les ongles cassés du fantassin... Après la guerre, Henri devra reprendre la direction de l'entreprise paternelle, en remplacement de son frère aîné tué pendant les premiers mois du conflit.

10 janvier 1918
D'Henri Aimé Gauthé à Marie-Alice Jeannot, sa correspondante de guerre

Autoportrait

Sans être tout petit, je ne suis pas trop grand
À mon front large on voit tout au sommet des bosses
Je suis doux et timide avec des airs pervers
J'ai les cheveux très bruns avec des fils d'argent...
J'ai la moustache en crue du Kaiser allemand.
Ma parole facile aime les phrases rosses ;
Je fais pour m'amuser des piqûres atroces.
Mon sourire est amer ; mon rire décevant.
J'ai le nez gros et gras – nez de caricature –
Ma lèvre est rouge comme une fraîche blessure.
Au fond de mes yeux danse une froide lueur.
Je suis inélégant avec désinvolture :
Je suis le chevalier de la piètre figure...
Mais une que je sais ne voit pas ma laideur.

Henri Aimé Gauthé

le chevalier poilu

Sans être tout petit, je ne suis pas trop grand.
A mon front large on voit tout au sommet des bosses.
Je suis doux et timide avec des airs pervers,
J'ai des cheveux très bruns avec des fils d'argent...
J'ai la moustache en crue du Kaiser allemand.
Ma parole facile aime les phrases rosses;
Je fais pour m'amuser des piqûres atroces.
Mon sourire est amer; mon rire décevant.
J'ai le nez gros et gras-nez de caricature.
Ma lèvre est rouge comme une fraîche blessure.
Au fond de mes yeux danse une froide lueur.
Je suis inélégant avec désinvolture.

thierry Martin.2006

AUTOMNES

Automnes, saisons de pluie, de terre et de feuilles mortes. Saisons des lignes de front et des hommes qui s'enterrent, entre la mer et la montagne, comme pour franchir à tempérament une partie du chemin qui mène vers la tombe. Automnes, saisons de la mort. Saisons des jours qui raccourcissent. Saisons des blessures infectées. Tranchées taillées à vif dans la glaise humide des coteaux et des plaines, tranchées taillées à blanc dans des bataillons de chair humaine, dans la peau tendre des cous, des ventres et des poignets. Saisons de la souffrance et des corps mutilés. Agonie des blessés qui appellent une mère trop lointaine. Cris des blessés qu'on achève ; suaires de brume qui suintent au ras du sol. Charniers sans nombre où les hommes pourrissent. Visages couchés sous les feuilles. Bataille ! Bataille ! Saisons des chevaux morts et des corbeaux qui passent. Fête des morts. Cimetières défoncés. Cimetières improvisés. Souvenir anticipé de ceux qui vont encore mourir. Saisons du marbre qui viendra plus tard sceller la gueule terreuse des fosses communes. Automnes, saisons de ruines, saisons des deuils et des forêts humides. Saisons du déclin. Saisons de l'acier qui rouille et du métal tordu. Saisons des vendanges. Un million de morts français après seulement cinq mois de guerre : un quart des mobilisés de la première heure... Saisons des veuves voilées, des mères brisées, des fiancées hagardes, et des jeunes mariées vieillies. Contraste obscène du tissu noir et du deuil sur la peau blanche des femmes solitaires. Saisons des eaux croupies dans les trous d'obus, où viennent se désaltérer les damnés de la terre labourée par l'enfer, quand ils ne viennent pas boire dans la gourde des morts. Automnes, saisons des labours et des semailles, saisons de la terre qui reprend ses droits et qui se nourrit des âmes qu'elle enfouit.

17 mai 1917

Maurice Drans avait vingt-trois ans en 1914. Né à Fresnay-sur-Sarthe, fils de commerçants, il avait fait ses études au Mans. Versé dans le 262e régiment d'infanterie, Maurice fit, lors d'une permission, la connaissance de Georgette Clabault, une jeune orpheline avec laquelle il se fiança en 1916. Blessé trois fois pendant la guerre, Maurice épousa Georgette mais leur couple ne dura pas. Comme tant d'autres, Maurice devint instable et bohème. Il exerça mille et un métiers. Il resta toute sa vie homme de lettres et obsédé d'écriture.

[...]
Avant-hier soir, dans l'encre bleue de la nuit, je parcourais sur la terre les signes de croix de l'au-delà... C'était l'éparpillement macabre du cimetière sans couverture, sans croix, abandonné des hommes, les gisements épars des cadavres innombrables, sans sépultures, le charnier à nu dans le grouillement des vers et dans les pluies d'obus qui continuaient. Plus d'un millier de cadavres se tordaient là déchiquetés, charriés les uns sur les autres... Je traînais de la nuit vers les lignes, mon fardeau de pièces sur le dos ; je défaillais ; dans ma bouche, dans mes narines ce goût, cette odeur ; l'ennemi et le français sympathisant dans le rictus suprême, dans l'accolade des nudités violées, confondus, mêlés, sur cette plaine de folie hantée, dans ce gouffre traversé de rafales vociférantes. L'allemand et le français pourrissant l'un dans l'autre, sans espoir d'être ensevelis jamais par des mains fraternelles ou pieuses. Aller les recueillir, c'est ajouter son cadavre dans cette fosse toujours béante, car insatiable est la guerre... Chaque nuit, nous longeons cette géhenne pétrifiée où s'agitent les spectres, le cœur chaviré, nous bouchant le nez, les lèvres crispées. Ô ma Georgette, je devrais te parler d'amour, et je te parle de ça !... Mais le comble c'est que nous mangeons au retour, après minuit le seul repas par vingt-quatre heures avec la bouche encore pleine des cadavres ; nous mangeons à l'aveuglette sans même un moignon de lumière. Ah ! Ça ne coule guère et c'est froid, figé, pas tentant...

Maurice

Ô ma Georgette,
Je devrais te parler d'amour,
et je te parle de ça !...

La blessure I

Fils d'une lavandière et d'un manœuvrier, Désiré Edmond Renault était né le 12 mai 1891 à Esmans, dans le canton de Motereau en Seine-et-Marne. Il était pâtissier et fut mobilisé alors qu'il allait achever son service militaire qui avait duré trois ans. Il appartenait à la 10e compagnie du 77e régiment d'infanterie. Grièvement blessé le 22 août 1914, il resta quatre ans en captivité. Après la guerre, les séquelles de ses blessures l'empêchèrent d'exercer son métier, et il ne retrouva pas sa fiancée qui après sept ans d'attente avait perdu patience. Il devint garde champêtre et grainetier.

22 août 1914

Combat commencé au point du jour. Toute la journée je me bats, je suis blessé très légèrement une première fois, une balle traverse mon sac placé devant moi, me blesse à la main, perce ma capote et m'érafle la poitrine. Je prends cette balle, que je montre à un camarade, Loiseau Marcel, et je la mets dans mon porte-monnaie. Je continue le combat, lorsque mon camarade Loiseau est atteint à la jambe. Je vois aussi mon lieutenant tomber traversé par une balle. Le combat continue, une grande quantité de mes camarades sont couchés morts ou blessés autour de moi. Vers les 3 heures de l'après-midi, alors que je suis en train de tirer sur l'ennemi qui occupe une tranchée à deux cents mètres de moi, je suis atteint d'une balle au côté gauche, je ressens une grande douleur, comme si l'on me brisait les os. La balle m'a traversé dans toute ma longueur en passant par le bassin et s'est logée au-dessus du genou. Aussitôt je ressens une grande souffrance et une fièvre brûlante. Les balles continuent à pleuvoir autour de moi, je risque d'être de nouveau atteint ; je fais donc tout mon possible pour me traîner dans un trou, j'ai bien du mal à m'y blottir. Le combat est terminé, tous mes camarades ont battu en retraite, et nous les blessés, nous restons abandonnés, sans soins, mourant de soif. Quelle affreuse nuit ! Rien que la fusillade, car à chaque bruit que fait un blessé, la fusillade reprend, au beau milieu de la nuit, la mitrailleuse balaye le terrain, les balles me passent par-dessus la tête, mais elles ne peuvent plus m'atteindre dans mon trou, la soif me torture de plus en plus, j'arrache des poignées d'avoine que je mâche. Le canon ne cesse de gronder car les Allemands bombardent la ville de Longwy. La nuit s'avance, comme je souffre, je pense alors à mes parents, surtout ma mère, comme quand j'étais malade et que j'étais tout petit, et je ne suis pas seul à penser à ma mère, car j'entends les blessés et les mourants appeler leur maman. Enfin, la nuit s'achève, le petit jour commence à paraître, soudain j'entends le pas de chevaux, et un peu après je distingue deux cavaliers allemands. Ils sont à quatre cents mètres de moi ; plusieurs blessés les appellent et leur demandent à boire ; brusquement ils arrêtent leurs chevaux et sautent à terre. Je n'ose plus bouger de mon trou, la matinée me semble bien longue, je souffre toujours de la soif… Souvent je sors la tête hors de mon trou pour voir s'il ne vient pas des personnes pour nous ramasser, mais je ne vois toujours rien ; une nouvelle torture vient aussi s'ajouter aux autres : depuis que le soleil s'est levé, les mouches attirées par l'odeur du sang s'acharnent après moi, elles sont si méchantes que je ne peux m'en débarrasser. Vers 2 heures de l'après-midi, j'entends un bruit près de moi, il me semble qu'un homme se traîne, je veux lever la tête pour voir, mais je n'y peux parvenir, je suis trop faible, mais le bruit se rapproche, et arrive près de moi. C'est un blessé qui se traîne sur le champ de bataille, pour chercher à boire dans le bidon des morts, car il meurt de soif ; je reconnais en lui un camarade de la 11e compagnie, blessé au pied, il se couche auprès de moi, je suis bien content d'avoir un compagnon, depuis si longtemps que je suis seul. Il me raconte qu'il a assisté au tir du point du jour. Il en est encore épouvanté ; nous passons ensemble plusieurs heures quand soudain mon camarade me dit qu'il voit plusieurs personnes ; il se met à genoux et les appelle de toutes ses forces, elles ont entendu et viennent à nous. Ce sont des jeunes filles de la Croix-Rouge et deux infirmières emportent mon camarade ; les jeunes filles me prennent par les bras et les jambes, et veulent m'emporter, mais les coups de fusil éclatent, car ils veulent pas que les infirmières me ramassent ; comme je crains de les voir blessées je les prie de m'abandonner, mais elles ne veulent pas ; elles m'emportent ; quelques minutes après, je suis en sûreté, à l'entrée de Longwy l'on m'installe dans une automobile qui m'emporte à l'asile Marlame qui est un orphelinat où plusieurs salles ont été aménagées pour recevoir et soigner des blessés ; une bonne sœur me fait mon pansement avec beaucoup de soin. Comme je souffre beaucoup, le docteur me fait une piqûre de morphine. Un prêtre aussi vient m'encourager. Je passe une bien mauvaise nuit, le canon qui ne cesse de gronder, et les obus qui éclatent très près me font bien souffrir. Les infirmières, les infirmiers et les sœurs nous soignent avec beaucoup de dévouement jour et nuit. Lorsque, le 25 août à midi, un obus vient tomber dans la salle, personne ne s'y attendait, il fait donc un affreux massacre. La sœur supérieure est atteinte en pleine poitrine, deux infirmiers, deux soignés, plusieurs infirmières sont tués net. Dans leurs lits, plusieurs de mes camarades sont blessés; d'autres obus continuent à éclater, c'est une épouvantable panique, les infirmiers, les infirmières et les moins blessés se sont réfugiés dans une cave. Seule une brave sœur est restée avec nous. Les obus continuent à tomber sur l'asile. La brave sœur, toute seule, ne peut nous transporter, elle va dans la cave chercher des infirmiers, mais elle ne peut les décider à venir à notre secours, seul le vieux jardinier et une petite infirmière viennent nous chercher, un par un, ils nous descendent dans la cave. Mon tour arrive mais ce n'est pas un transport bien facile; il faut que la brave sœur et le vieux jardinier aient bien du courage; ils m'ont installé sur une chaise, et par-dessus les corps des morts qu'il faut enjamber, les murs écroulés, les débris de toutes sortes. La brave sœur qui m'a sauvé veut retourner dans les salles: un blessé est resté dans son lit et va périr écrasé sous les éboulements; les femmes et les enfants ne veulent pas la laisser sortir de la cave car c'est aller à une mort certaine, et puis ils lui disent que c'est un Allemand. « C'est un homme », répond la brave sœur, et elle sort, suivie du vieux jardinier. Quelques instants après, elle redescend, elle porte courageusement avec le jardinier, son lourd fardeau, le malheureux est sauvé. Mais il était temps, car tout croule, au-dessus de nous. Une minute de plus, la brave sœur et le vieux jardinier étaient victimes de leur dévouement. Pendant plusieurs heures qui nous semblent des siècles, nous restons dans cette cave, qui, heureusement pour nous est très solide. L'on entend la prière, car, dans ce véritable tombeau, tout le monde prie. Ma blessure me fait souffrir, car le transport m'a fait bien du mal; je vois que tous mes camarades souffrent beaucoup aussi, car la fumée de la poudre vient par moments nous asphyxier à l'envi. [...] Sur le soir l'on nous apprend une horrible nouvelle: au-dessus de nous l'asile brûle; les obus ont mis le feu, c'est un véritable brasier; puis le feu tombe par les soupiraux et enflamme la paille sur laquelle nous sommes couchés. Alors c'est un véritable sauve-qui-peut, les femmes, les enfants, les vieillards et les moins blessés se sont enfuis, et moi qui ne peux faire un mouvement, je reste abandonné avec plusieurs de mes camarades, le feu se rapproche de nous. Alors, je me traîne, jusqu'au bas des marches, mais quelle souffrance j'ai endurée ! je crache du sang à pleine bouche. Enfin, plusieurs hommes et des soldats arrivent, un jeune homme me charge sur son dos et me sort du brasier avec bien des difficultés, car l'entrée est à moitié obstruée par les décombres tout embrasés; enfin nous voilà sortis, nous sommes à 100 mètres à peu près de l'asile tout en flammes, lorsqu'un obus passe au-dessus de nos têtes en sifflant, il va éclater devant l'asile, l'explosion a fait rouler mon sauveteur qui se relève et s'enfuit malgré mes supplications de m'emporter, mais il n'entend rien, il court à toute vitesse, je suis encore abandonné couché dans un ruisseau. Tout autour de moi, je ne vois que des maisons en flammes; par instants un obus éclate dans ces brasiers et projette le feu à une très grande distance. Je ne suis pas très longtemps là, à peine un quart d'heure; je vois passer un homme en courant, je l'appelle, il vient à moi, me charge sur ses épaules et m'emporte. [...] L'hôtel où m'a apporté ce brave est un hôtel thermal transformé en ambulance de la Croix-Rouge, là plusieurs obus sont tombés, donc tous les blessés sont dans des caves; l'on m'installe dans un bon lit, dans une grande salle où sont déjà une dizaine de mes camarades, car il n'y a plus de place dans les caves. Le bombardement continue jusqu'au lendemain à 2 heures de l'après-midi; le fort est complètement démoli, l'hôpital de siège aussi, la garnison ne peut plus résister, elle a courageusement lutté jusqu'au bout, le bombardement ininterrompu a duré six jours et cinq nuits. Le commandant fait hisser le drapeau blanc. Les larmes aux yeux, il rend la place qui n'est plus qu'un monceau de ruines, pas une maison ne reste, là où s'élevait quelques jours avant la belle ville de Longwy. C'est un grand soulagement pour nous pauvres blessés, les braves sœurs, les infirmiers et infirmières remontent les blessés des caves et les installent dans les salles du magnifique hôtel. Les docteurs nous font nos pansements. Nous en avons bien besoin, car depuis plusieurs jours, cela ne leur était pas possible; [...] Lorsque les Allemands nous prennent pour nous emmener prisonniers dans leur pays, tous ces braves gens pleurent. J'ai le cœur bien gros de quitter la France. Les Allemands nous emmènent à la gare. Bien des braves gens nous apportent leurs dernières douceurs et leurs encouragements. Je suis installé dans un wagon à bestiaux, couché sur un peu de paille, et le train part lentement au milieu de la foule qui pleure. [...]

Désiré

combat commencé au point du jour.
toute la journée je me bats.
je suis blessé très légèrement une première fois,
une balle traverse mon sac placé
devant moi.

je continue le combat, lorsque mon camarade Loiseau est atteint à la jambe.
je vois aussi mon lieutenant tomber traversé par une balle.
une grande quantité de mes camarades sont couchés morts ou blessés autour de moi.
je suis atteint d'une balle au côté gauche, je ressens une grande douleur comme si l'on me brisait les os.
la balle m'a traversé dans toute ma longueur en passant par le bassin et s'est logée au-dessus du genou, aussitôt je ressens une grande souffrance et une fièvre brûlante.
les balles continuent à pleuvoir autour de moi, je risque d'être de nouveau atteint ; je fais donc tout mon possible pour me traîner dans un trou.

le combat est terminé
tous mes camarades ont battu en retraite
et nous, les blessés, nous restons abandonnés, sans soins, mourant de soif
quelle affreuse nuit !
la mitrailleuse balaye le terrain, les balles me passent par-dessus la tête
mais elles ne peuvent plus m' atteindre dans mon trou

le combat reprend
la mitrailleuse balaye le terrain
le canon ne cesse de gronder
les allemands bombardent la ville de longwy
la nuit s'avance

comme je souffre, je pense alors à mes parents
surtout ma mère
comme quand j'étais malade
et que j'étais tout petit
et je ne suis pas seul à penser à ma mère
car j'entends les blessés
et les mourants appeler leur maman

La blessure II

Jacques Ambrosini était originaire de Speloncato en Haute-Corse. Fils d'agriculteur, engagé dans les Dardanelles contre les Turcs, à l'âge de dix-neuf ans, il finira la guerre comme lieutenant, et ses lettres écrites à son frère François décrivent l'horreur quotidienne du front.

Le mercredi 19 mai 1915

Cher Frangin,

Je prends la plume à la main pour continuer mon petit récit. Ce ne sera guère long. Je m'étais arrêté si je ne me trompe au moment où l'on partait pour l'assaut. La baïonnette au canon, on s'élance hors des tranchées. Le capitaine en tête, nous faisons un bond de trente à cinquante mètres, et nous voilà couchés dans la tranchée qu'occupaient nos camarades de 1re ligne. Les balles avaient bien sifflé, mais personne n'avait été touché. La rage de tuer et poussés par l'odeur de la poudre aussi bien que par les cris des bêtes féroces, car à ce moment-là on devient des bêtes féroces, pensant qu'à tuer et massacrer, nous nous élançons tout comme un seul homme. Victor est à mes côtés, mais bientôt, dans cette course folle, je ne le vois plus. Les camarades tombent. Presque tous blessés. Ce sont alors des cris de douleur. D'un côté, on entend « ma femme », « mes enfants » de l'autre, « ma mère », « achevez-moi », « ne me faites plus souffrir ». Tout ceci te déchire le cœur, le sang coule à flots, mais nous avançons quand même, marchant sur les morts. Les Turcs sont couchés par centaines. Notre 75 aussi bien que les pièces de marine ont fait du bon travail. Ils sont déjà tout gonflés. Ceux qui n'ont pas été touchés s'échappent à grandes enjambées, nous courons toujours. Impossible de les attraper. On se met alors à genoux, on s'arrête, on vise et, patatrac, ton homme tombe. Les Sénégalais qui passent sur les tranchées ennemies achèvent les blessés. On nous l'avait bien recommandé à nous aussi, mais je n'ai pas le courage. Tout à coup, à la troisième tranchée turque, un de ces vieux mahométans, blessé et pouvant encore bouger ses bras hisse un drapeau blanc au bout d'un morceau de bois. Je m'approche pour le voir de près. Que fait-il ? Il me regarde puis saisit son fusil et veut me mettre en joue. Le malheureux. Plus leste que lui, je lui flanque ma baïonnette dans la tempe gauche et, instinctivement, je fais partir un coup. Les cervelles sautent en l'air et viennent jusqu'à ma figure. Il me crie pardon et meurt. Je repars me disant : « Tous les blessés, tu les achèveras. » C'est ce que je fis. Nous franchissons cinq autres lignes de tranchées et tous sont achevés, car les bougres quoique blessés tirent sur nous et ne s'arrêtent que lorsqu'ils sont morts. Nous avons maintenant la descente et nous gagnons du terrain. Tout à coup je vois un Turc à trente mètres devant moi qui s'évade à grandes enjambées. Je me mets à genoux, je vise, tire sur la détente et le voilà qui tombe à plat ventre comme s'il tombait d'un cinquième. J'arrive sur lui, il n'était pas encore mort, mais je l'avais bien touché. Une autre cartouche et voilà la cervelle qui saute en l'air. Les Turcs ne sont pas loin. On marche toujours mais impossible de les rattraper. Les voilà qui rentrent dans une vallée. On ne peut les toucher. Mon lieutenant est en tête, il me regarde et crie « courage » mais je suis touché. J'ai ressenti comme une commotion électrique à la gauche. Et je tombe le visage en avant. Pas de douleur. Je sens le sang qui commence à couler. Je reste quelques minutes couché : le sac sur la tête. Un pauvre malheureux, qui pendant que j'étais tombé m'avait devancé, a la tête ouverte par un éclat d'obus juste à deux mètres devant moi. Je me lève alors et voyant que je puis marcher je tâche de rejoindre sac au dos, et fusil au bras, le poste de secours. La fusillade et la canonnade deviennent plus intenses. Nous sommes plusieurs blessés qui retournons sur nos pas. Les Turcs nous aperçoivent et pendant que les copains vont en embrocher, des troupes turques qui sont sur notre droite font pleuvoir sur nous une grêle de fer et de balles. On se demande si on pourra s'en tirer. Les balles tombent à côté de moi et font une petite poussière. Il faut que je passe sur un espace de cinquante mètres où les obus tombent en enfilade. Je vois la direction que suivent les obus. Je passe tranquillement, quand devant moi je vois un « cigare », un obus qui n'a pas éclaté qui roule par terre en sautillant comme un petit ballon de caoutchouc. Je lui dis bonsoir. Car je sais qu'il n'éclate pas. Je marche toujours. Bientôt je suis à l'abri des balles et des obus. [...] Je prends mon nécessaire puis nous voilà partis pour l'ambulance qui se trouve à quelques kilomètres de là. Le sang avait coulé à flots. J'avais perdu au moins trois litres. Il était caillé sur ma jambe et dans les chaussettes, si bien que lorsque je marchais, ça faisait « chioff chioff ». J'arrive au poste de secours où je suis obligé d'attendre mon tour. Je prie le major que je connaissais de me faire mon pansement car j'allais tomber sans connaissance. Il me le fit et je fus soulagé, quoique ayant un peu souffert. Je regarde ce que j'avais : pas grand-chose. Une balle m'était rentrée à l'aine et était ressortie à la cuisse gauche. Un centimètre plus à droite et elle me touchait les parties. Je souffrais, mais pas un murmure ; au contraire je chantais. De là on nous expédie à dos de mulet vers le port de Sebdul-bar qui se trouve à cinq kilomètres pour être embarqués. Tout ceci demande du temps et vers les 3 heures du matin, nous embarquons sur le bateau *Le Gange* où nous sommes bien soignés mais mal nourris et mal couchés. [...] Fais parvenir cette lettre à la maison afin qu'eux aussi connaissent ce que sont trois jours de guerre sous une pluie de mitraille. Donne le bonjour de ma part à tous les amis et reçois pour toi une fraternelle caresse.

Jacques Ambrosini

19 mai 1915
PORT DE SEDDUL-BAHR TURQUIE
HÉ ! JACQUES ? JACQUOT ? QU'EST-CE TU FAIS ENCORE ?
J'ÉCRIS À MON FRANGIN.
T'ES UN BAVEUX, TOI ! EN VRAI... QU'EST-CE QUE T'ÉCRIS, ALORS ? HEIN ?
Y DIT QUE LES TURCS SE SERVENT DE TA TÊTE DE ROUQUIN POUR AJUSTER LEURS TIRS DE CANONS !
AH AH TRÈS DRÔLE !
ET TA JAMBE, ÇA T'EST ARRIVÉ COMMENT ? TU NOUS AS PAS ENCORE RACONTÉ.
ON EST PARTIS À L'ASSAUT DES PREMIÈRES LIGNES.
UN BOND DE CINQUANTE MÈTRES EN AVANT...

LA RAGE DE TUER LES CRIS DE BÊTES ...
CAR NOUS SOMMES DES BÊTES À CE MOMENT-LÀ...
ET TOUS LES BLESSÉS TU LES ACHÈVERAS...
ON S'EST AVANCÉS DANS LA VALLÉE...
C'ÉTAIT PAS UNE BONNE IDÉE.
CLAK
EN AVANT!
LE LIEUTENANT FUT LE PREMIER INFORMÉ !
J'SUIS TOUCHÉ, PUTAIN!
PAS DE DOULEUR ...
JE SENS DÉJÀ LE SANG COULER SUR MA JAMBE.
CHUNK!
MERDE

TCHUNK!
PZZZ
TCHUNK!
PZZZ
TCHUNK!
SOUDAIN LE SILENCE...
PUIS UN SON LOURD ME PARVIENT. DU 380 MM...
LA SIGNATURE DE L'ARTILLERIE TURQUE.
AAAAH DE DIEU!
PZZZ
LES OBUS S'ABATTENT EN RAFALES!
JE DOIS COMPTER LE TEMPS ENTRE CHAQUE TIR, ET PASSER....
!
BROOF!
?
3

JE LAISSE LE CIGARE* DERRIÈRE MOI ET JE LUI DIS... "BONSOIR".
BIENTÔT JE SUIS À L'ABRI DES BALLES ET DES OBUS.
* OBUS INERTE.
APRÈS TU CONNAIS LA SUITE... C'EST CE QUE J'LUI ÉCRIS À MON FRANGIN.
LA SUITE? C'EST QU'ILS VONT NOUS RAPATRIER AU PAYS, À CAUSE QU'ON EST DES BLESSÉS DE GUERRE, NOUS!
EH OUAIS!
MOI J'VOUS DIS QUE LA GUERRE, ELLE SERA TERMINÉE AVANT QU'ON NOUS SORTE DE L'HÔPITAL... J'VOUS EN FICHE MON BILLET!
À NOËL JE SERAI CHEZ MOI AVEC MA P'TITE FIANCÉE BÉNÉDICTE!
T'ES DE QUEL COIN, LUCIEN?
J'VIENS DE BEAUMONT* DANS LA MEUSE ...
PAS LOIN DE VERDUN.
J'VAIS ÊTRE BIEN PEINARD!
SACRÉ VEINARD L'ROUQUIN!

La mort en son royaume

René Jacob a été tué à Verdun en 1916. Il était fils de charron et lui-même boulanger à Bussy-en-Othe dans l'Yonne. Il laissait derrière lui sa femme Lucie, et trois enfants dont l'aînée avait huit ans.

1915

Comment décrire ? Quels mots prendre ? Tout à l'heure nous avons traversé Meaux, encore figé dans l'immobilité et le silence, Meaux avec ses bateaux-lavoirs coulés dans la Marne et son pont détruit. Puis nous avons pris la route de Soissons et gravi la côte qui nous élevait sur le plateau du nord… Et alors, subitement, comme si un rideau de théâtre s'était levé devant nous, le champ de bataille nous est apparu dans toute son horreur.

Des cadavres allemands, ici, sur le bord de la route, là dans les ravins et les champs, des cadavres noirâtres, verdâtres, décomposés, autour desquels sous le soleil de septembre, bourdonnent des essaims de mouches ; des cadavres d'hommes qui ont gardé des pauses étranges, les genoux pliés en l'air ou le bras appuyé au talus de la tranchée ; des cadavres de chevaux, plus douloureux encore que des cadavres d'hommes, avec des entrailles répandues sur le sol ; des cadavres qu'on recouvre de chaux ou de paille, de terre ou de sable, et qu'on calcine ou qu'on enterre. Une odeur effroyable, une odeur de charnier, monte de toute cette pourriture. Elle nous prend à la gorge, et pendant quatre heures, elle ne nous abandonnera pas. Au moment où je trace ces lignes, je la sens encore éparse autour de moi qui me fait chavirer le cœur. En vain le vent soufflant en rafales sur la plaine s'efforçait-il de balayer tout cela : il arrivait à chasser les tourbillons de fumée qui s'élevaient de tous ces tas brûlants ; mais il n'arrivait pas à chasser l'odeur de la mort.

« Champ de bataille » ai-je dit plus haut. Non, pas champ de bataille, mais champ de carnage. Car les cadavres ce n'est rien. En ce moment, j'ai déjà oublié leurs centaines de figures grimaçantes et leurs attitudes contorsionnées. Mais ce que je n'oublierai jamais, c'est la ruine des choses, c'est le saccage abominable des chaumières, c'est le pillage des maisons…

René Jacob

COMMENT DÉCRIRE ? QUELS MOTS PRENDRE ? TOUT À L'HEURE, NOUS AVONS TRAVERSÉ MEAUX, ENCORE FIGÉ DANS L'IMMOBILITÉ ET LE SILENCE...
MEAUX, AVEC SES BATEAUX-LAVOIRS COULÉS DANS LA MARNE ET SON PONT DÉTRUIT.
PUIS, NOUS AVONS PRIS LA ROUTE DE SOISSONS ET GRAVI LA CÔTE QUI NOUS ÉLEVAIT SUR LE PLATEAU DU NORD...
ET ALORS, SUBITEMENT, COMME SI UN RIDEAU DE THÉÂTRE S'ÉTAIT LEVÉ DEVANT NOUS, LE CHAMP DE BATAILLE NOUS EST APPARU DANS TOUTE SON HORREUR.
JIMENEZ

DES CADAVRES ALLEMANDS, ICI, SUR LE BORD DE LA ROUTE, LÀ DANS LES RAVINS ET LES CHAMPS...
... DES CADAVRES NOIRÂTRES, VERDÂTRES, DÉCOMPOSÉS...
... AUTOUR DESQUELS, SOUS LE SOLEIL DE SEPTEMBRE, BOURDONNENT DES ESSAIMS DE MOUCHES...
... DES CADAVRES D'HOMMES QUI ONT GARDÉ DES PAUSES ÉTRANGES, LES GENOUX PLIÉS EN L'AIR OU LE BRAS APPUYÉ AU TALUS DE LA TRANCHÉE...
... DES CADAVRES DE CHEVAUX, PLUS DOULOUREUX ENCORE QUE DES CADAVRESD'HOMMES, AVEC DES ENTRAILLES RÉPANDUES SUR LE SOL...
... DES CADAVRES QU'ON RECOUVRE DE CHAUX OU DE PAILLE, DE TERRE OU DE SABLE, ET QU'ON CALCINE OU QU'ON ENTERRE.

UNE ODEUR EFFROYABLE, UNE ODEUR DE CHARNIER, MONTE DE TOUTE CETTE POURRITURE. ELLE NOUS PREND À LA GORGE, ET PENDANT QUATRE HEURES, ELLE NE NOUS ABANDONNERA PAS.
AU MOMENT OÙ JE TRACE CES LIGNES, JE LA SENS ENCORE ÉPARSE AUTOUR DE MOI QUI ME FAIT CHAVIRER LE CŒUR.
EN VAIN, LE VENT SOUFFLANT EN RAFALES SUR LA PLAINE S'EFFORÇAIT-IL DE BALAYER TOUT CELA...
IL ARRIVAIT À CHASSER LES TOURBILLONS DE FUMÉE QUI S'ÉLEVAIENT DE TOUS CES TAS BRÛLANTS ; MAIS IL N'ARRIVAIT PAS À CHASSER L'ODEUR DE LA MORT.
"CHAMP DE BATAILLE" AI-JE DIT PLUS HAUT. NON, PAS CHAMP DE BATAILLE, MAIS CHAMP DE CARNAGE. CAR LES CADAVRES CE N'EST RIEN. EN CE MOMENT, J'AI DÉJÀ OUBLIÉ LEURS CENTAINES DE FIGURES GRIMAÇANTES ET LEURS ATTITUDES CONTORSIONNÉES.

MAIS CE QUE JE N'OUBLIERAI JAMAIS, C'EST LA RUINE DES CHOSES, C'EST LE SACCAGE ABOMINABLE DES CHAUMIÈRES, C'EST LE PILLAGE DES MAISONS...
RENÉ JACOB
JIMÉNEZ ©

HIVERS

Hivers : saisons des tracas de la nature. Saisons de misère. Saisons de la froidure et des pieds gelés. Saisons de l'attente. Saisons de la terre que l'on ne peut briser. Saisons des vents qui gercent et qui coupent la peau. Saisons de rations, de faim, de soif et d'une intendance qui ne suit plus. Saisons de pillages et de rapines dans des maisons vides. Noëls sans messie, sans étoiles et sans paille propre. Noëls sans bois, Noëls sans feu, Noëls sans cheminées. Noëls sans femmes, sans vieillards et sans enfants. Saisons des poux, des puces et des parasites. Saisons des maladies ; saisons des neiges salies, rougies par les entrailles humaines. Saisons des punitions, des permissions annulées, des brimades hiérarchiques. Saisons de discipline. Saisons de boue, de bise et de glace. Saisons des trêves officieuses et des fraternisations d'un soir. Saisons des colis, des chaussettes tricotées et des ceintures de flanelle. Saisons de beuverie. Saisons de la vinasse et de l'alcool de bois. Saisons troglodytes. Saisons gluantes et visqueuses. Saisons de fièvres, de frissons, de spasmes et de dysenterie. Saisons des rats, saisons de crasse, de corps sales qui ne se dévêtent plus. Saisons des cadavres mal enterrés. Saisons des conseils de guerre hystériques et bâclés. Saisons des fusillés de Vingré ou d'ailleurs. Saisons des putains laides, vieilles et usées. Saisons de toutes les véroles. Saisons du manque d'amour et du besoin de chaleur humaine. Saisons entre hommes : saisons des amours interdites. Saisons du givre sur les vitraux obscurs des églises fermées. Saisons d'un Dieu sourd et des prières que personne n'écoute.

Le repos du guerrier

Fils d'un limonadier de Château-Chinon, Henri Aimé Gauthé était un simple soldat de 2e classe qui fut d'abord agent de liaison puis téléphoniste. Son journal de guerre fut écrit dans le feu de l'action. Henri devait avoir les doigts trop souvent sales, les ongles cassés du fantassin... Après la guerre, Henri devra reprendre la direction de l'entreprise paternelle, en remplacement de son frère aîné tué pendant les premiers mois du conflit.

Le bouge

À peine arrivés, les sacs débouclés, vite ! en quête de pinard ! Cher ! 0,80 F le rouge ! Tant pis... malgré la température un peu basse, on a chaud et un litre c'est cent centilitres, un centilitre c'est pas grand et cent, c'est pas un si gros chiffre. Allons-y pour deux cents ! À trois heures du soir un vent de douce saoulerie soufflait, plus altérant que le simoun. Buvons ! ! Le porte-monnaie est hernieux... À cinq heures, les cafés s'ouvrent... Quelle ruée ! Les places sont chères et on n'ose les abandonner, même un instant, qu'au moment où, à force de prendre du liquide, il faut bien en évacuer un peu. J'y vais passer deux heures. La salle est surchauffée par ces haleines et sent la sueur et la crasse. Une table longue de salle d'auberge tiendrait trente buveurs gênés. Il y en a cent. La plupart sont debout, quelques-uns sont assis d'une fesse entre deux buveurs qui leur tournent le dos. Une odeur de mâle flotte, mêlée avec celle du vin répandu [...] Une bonne accorte illumine le réduit sale et puant, et y apporte une lueur de jouissance douteuse. Le charme de la femme – pourvu qu'elle soit jolie – opère... Perret le brancardier mène le bal, sa taille me paraît plus grande et j'évoque un Méphisto lubrique... Et Satan conduit le bal... De sa magnifique voix, en l'honneur de Margot, il entonne « Si tu veux fair'mon bonheur, Marguerite... Marguerite... donn'moi ton cœur... ». Bientôt on se perd dans les paroles, mais rauque, énorme, gonflée de mille rêves de luxure, la chanson – l'air plutôt – est chantée en bouches fermées et, formidable, s'enfle et rugit comme un hymne de rut horrible... Les faces congestionnées suent d'alcool, de vin et d'amour... La brute est déchaînée... Les hommes des tranchées chantent leur rentrée dans la vie, éphémère séjour, et le dernier pour beaucoup. Et la scène prend de ce fait une allure bestiale. Beaucoup de ceux-ci sont des héros ; beaucoup, pour leurs camarades, pour le geste, pour... ils ne savent quoi, vécurent une minute sublime ; beaucoup ont droit au salut et au respect, mais débraillés, saouls, lubriques, le geste de l'un d'eux entraînerait cette masse, cette foule monstrueuse, avinée, lasse de dix mois de privations, se vautrant – même les plus délicats – dans cette fange, seul plaisir qui leur soit offert. Lui ne chante pas, calme et froid, mais ses yeux brillent de convoitise et ne quittent pas un coin de peau rose découvert par le décolletage en pointe de ce « Gerbault » aguichant et sans doute pervers. Si tu veux, fair'mon bonheur...

Henri Aimé Gauthé

LA DERNIERE CHARGE
A peine arrivés, les sacs débouclés, vite! En quête de pinard cher. Tant pis! A trois heures du soir, un vent de douce saoulerie souffle plus altérant que le simoun. Malgré le froid, on a chaud.Un litre, c'est cent centilitres, un centilitre, c'est pas grand et cent n'est pas un si gros chiffre. Allons-y pour deux cents! Le porte-monnaie est hernieux.
A cinq heures, les cafés s'ouvrent, et nous sommes prêts...

5h moins une...
C'EST LA RUÉE !
La salle
surchauffée
par ces
haleines,
sent
la sueur
et la
crasse,
une odeur de mâle
mêlée à celle
du vin répandu.
Les places
sont chères
et on n'ose pas
les abandonner,
même un instant
Les hommes
des tranchées
chantent
leur rentrée
dans
la vie;
Beaucoup ont droit
au salut et au respect,
beaucoup de ceux-ci sont des héros
mais ici,
ils sont
débraillés,
saouls,
lubriques
Une foule
monstrueuse,
avinée,
lasse
de dix mois
de privations,
se vautrant
même les plus
délicats
Les faces
congestionnées
suent
d'alcool,
de vin
et
d'amour
Perret,
le brancardier,
dit Le Clapet
parce que
jamais
il ne le ferme,
...mène le bal
tel un Mephisto lubrique

Le charme
de la femme,
pourvu qu'elle soit jolie,
opère même
dans un réduit
sale et puant
Les
brutes
sont
déchaînées
"MARGUERITE...MARGUERITE,
DONN' MOI TON CEUR..."
Rauque,
énorme,
gonflée
de mille rêves de luxure,
la chanson s'enfle
et rugit comme un hymne de rut
horrible
Un coin de peau
rose aguichant
et pervers,
la
poitrine tressautante
et généreuse
de Margot,
je ne pouvais m'en détacher.
Je l'ai bien vue, pointée vers moi...
elle m'était
destinée.
J'étais hypnotisé.
PAN
"Si
tu veux
fair'
mon bonheur..."

« Les hommes des tranchées chantent
leur rentrée dans la vie, éphémère séjour,
et le dernier pour beaucoup. »

Henri Aimé Gauthé

Fraternisations

Gervais Morillon était un jeune homme calme, tendre et gai, comme son frère Georges. Les deux frères engagés sur le front étaient les enfants d'un contremaître poitevin qui travaillait dans une pépinière à Breuil-Mingot, tout près de Poitiers qui s'appelait alors Poitiers-la-Romane. Comme leur père, et comme tous les hommes de leur village, les deux frères avaient déjà commencé à travailler dans cette même pépinière avant la guerre. Georges survécut, mais Gervais fut tué à vingt et un ans en mai 1915.

Tranchées-Palace, le 14 décembre 1914

Chers parents,

Il se passe des faits à la guerre que vous ne croiriez pas ; moi-même, je ne l'aurais pas cru si je ne l'avais pas vu ; la guerre semble autre chose, eh bien, elle est sabotée. Avant-hier – et cela a duré deux jours dans les tranchées que le 90e occupe en ce moment – Français et Allemands se sont serré la main ; incroyable, je vous dis ! Pas moi, j'en aurais eu regret. Voilà comment cela est arrivé : le 12 au matin, les Boches arborent un drapeau blanc et gueulent : « Kamarades, Kamarades, rendez-vous. » Ils nous demandent de nous rendre « pour la frime ». Nous, de notre côté, on leur en dit autant ; personne n'accepte. Ils sortent alors de leurs tranchées, sans armes, rien du tout, officier en tête ; nous en faisons autant et cela a été une visite d'une tranchée à l'autre, échange de cigares, cigarettes, et à cent mètres d'autres se tiraient dessus ; je vous assure, si nous ne sommes pas propres, eux sont rudement sales, dégoûtants ils sont, et je crois qu'ils en ont marre eux aussi. Mais depuis, cela a changé ; on ne communique plus ; je vous relate ce petit fait, mais n'en dites rien à personne, nous ne devons même pas en parler à d'autres soldats. Je vous embrasse bien fort tous les trois.

Votre fils, Gervais.

chers parents.
Il se passe des faits à la guerre que vous ne croiriez pas.
je ne l'avais pas vu;
guerre semble autre chose, eh bien, elle est
Avant hier, et cela a duré deux jours dans les tranchées
que le 90e occupe en ce moment, Français et Allemands
se sont serré la main: incroyable, je vous dis! Pas moi,
j'en aurais eu regret. Voilà comment cela est arrivé
Le 12 au matin, les Boches arborent un drapeau blanc
et gueulent: Kamarades, Kamarades, rendez-vous.
Ils nous demandent de nous rendre pour la frime.
Nous de notre côté on leur en dit autant. personne
n'accepte.
Ils sortent alors de leurs tranchées, sans armes,
tout, officier en tête, nous en faisons autant et cela
une visite d'une tranchée à l'autre, échange de cigares
cigarettes, et à cent mètre d'autre se tiraient dessus. Je vous
assure, si nous ne sommes pas propres, eux sont rudement
sales, dégoûtants ils sont, et je crois qu'ils
marre
eux aussi. Mais depuis, cela a changé. on
plus. Je vous relate ce petit fait, mais
pas
personne. nous ne devons
soldats. Je vous embrasse
Votre fils, Gervais.

la guerre des tranchées
Noël sans femmes, sans feu, sans étoiles...

Le fusilleur

Marcel Garrigues était originaire de Tonneins dans le Lot-et-Garonne. Il était électricien et il avait trente et un ans en 1914. En dix-sept mois de guerre, il n'a jamais revu sa famille, car ses permissions étaient toujours annulées au dernier moment. Il a été tué le 12 décembre 1915 par une balle perdue alors qu'il servait les repas de ses camarades. Il avait en poche trois billets de cinq francs, trois pièces de un franc, une pipe, un porte-crayon, un porte-monnaie contenant des médailles et des bagues en aluminium et des lettres de son épouse. Marcel aurait dû retrouver sa femme et ses quatre enfants pour sa première permission, deux jours plus tard en gare de Tonneins. Et c'est sur le quai de la gare, en croisant ses amis qui venaient en permission, que sa famille apprit la terrible nouvelle. Son fils Armand fut tué en déportation vingt-cinq ans plus tard après avoir été dénoncé à la Gestapo parce qu'il distribuait des tracts.

Samedi 31 juillet 1915

Chère femme

Je voulais t'écrire hier mais j'étais tellement fatigué et j'avais la tête sens dessus dessous que je n'ai pas eu le courage de le faire. Je vais te raconter en quelques mots à la scène que nous avons assisté. Nous étions à Bully avant-hier soir on nous dit que le lendemain le réveil était à 2 heures, que nous allions passer la revue de notre vénérable général Joffre et d'être le plus propre possible. Si je m'étais attendu à ça, je me serais fait porter malade, j'aurais eu huit jours de prison mais au moins je n'aurais pas assisté à un assassinat. Ça s'était vaguement dit : « c'est pour une dégradation » mais jamais je ne me serais attendu à une exécution. Nous sommes partis du cantonnement vers les 3 heures, on nous a conduits dans un parc. Là on nous a fait former en rectangle et en voyant le poteau nous avons compris mais trop tard à la scène que nous allions assister. C'était pour fusiller un pauvre malheureux qui dans un moment de folie tant que nous étions à Lorette a quitté la tranchée et a refusé d'y revenir. Vers 4 heures, deux autos arrivent, une portant le pauvre malheureux et l'autre les chefs qui avant l'exécution devaient lire les rapports le condamnant à la peine de mort. Il est arrivé entre deux gendarmes, a regardé en passant le poteau, puis à quelques pas plus loin on lui a bandé les yeux. Puis une fois la lecture faite on l'a conduit au poteau, où, après avoir reçu les ordres de se mettre à genoux, il l'a fait sans un geste, ni un murmure de refus. Pendant ce temps, les douze soldats qui étaient chargés de ce triste travail se sont mis à six pas comptés d'avance par un adjudant commandant le peloton d'exécution. Puis après lui avoir attaché les mains au poteau et nous avoir fait mettre au présentez-armes nous avons entendu les tristes commandements (« joue-feu… ») puis ce pauvre malheureux s'est tordu et un sergent lui a donné le coup de grâce, une balle de revolver dans la tête. Le major est allé voir ensuite s'il était mort, il a levé la tête comme qui veut le regarder puis plus rien. Le crime était accompli. Ensuite nous avons défilé devant le cadavre qui cinq minutes auparavant était bien portant et qui est mort en brave. Puis à vous pauvres on vous dit que le moral est excellent mais on ne vous dit pas que chaque jour et presque dans chaque division y en a plus de vingt qui passent le conseil de guerre, mais ils ne sont pas tous condamnés à mort. On vous dit aussi : « Le soldat est bien nourri sur le front, il a de tout de reste » ce n'est pas difficile car ce que l'on nous donne est immangeable. Aussi souvent nous la sautons et dernièrement après que l'on nous a servi une soupe que les chiens n'auraient pas mangée j'ai demandé une ceinture, on voulait me foutre dedans. Heureusement qu'avec les colis que nous recevons tous, nous pouvons presque vivre. Je termine en t'embrassant mille fois ainsi qu'aux gosses et à toute la famille. Le bonjour aux voisins et amis. Reçois mille baisers de ton mari ainsi que les gosses.

Ton mari Marcel

SAMEDI 31 JUILLET 1915
CHÈRE FEMME
JE VOULAIS T'ÉCRIRE HIER MAIS J'ÉTAIS TELLEMENT FATIGUÉ ET J'AVAIS LA TÊTE SENS DESSUS DESSOUS QUE JE N'AI PAS EU LE COURAGE DE LE FAIRE.
JE VAIS TE RACONTER EN QUELQUES MOTS À LA SCÈNE QUE NOUS AVONS ASSISTÉ.
NOUS ÉTIONS À BULLY AVANT HIER SOIR ON NOUS DIT QUE LE LENDEMAIN LE RÉVEIL ÉTAIT À 2 HEURES, QUE NOUS ALLIONS PASSER LA REVUE DE NOTRE VÉNÉRABLE GÉNÉRAL JOFFRE ET D'ÊTRE LE PLUS PROPRE POSSIBLE.
SI JE M'ÉTAIS ATTENDU À ÇA, JE ME SERAIS FAIT PORTER MALADE
Mson Chermi
SERIE

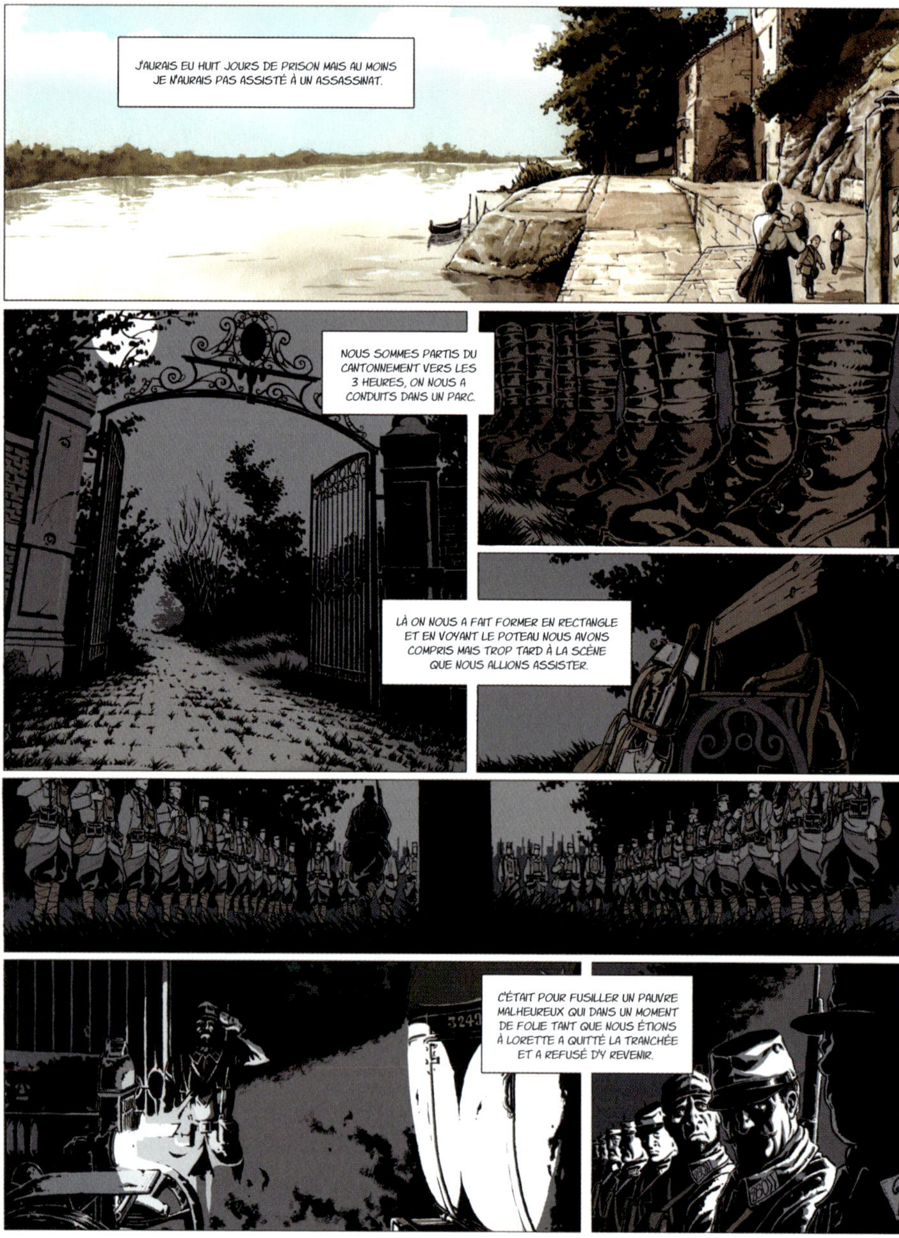
J'AURAIS EU HUIT JOURS DE PRISON MAIS AU MOINS JE N'AURAIS PAS ASSISTÉ À UN ASSASSINAT.
NOUS SOMMES PARTIS DU CANTONNEMENT VERS LES 3 HEURES, ON NOUS A CONDUITS DANS UN PARC.
LÀ ON NOUS A FAIT FORMER EN RECTANGLE ET EN VOYANT LE POTEAU NOUS AVONS COMPRIS MAIS TROP TARD À LA SCÈNE QUE NOUS ALLIONS ASSISTER.
C'ÉTAIT POUR FUSILLER UN PAUVRE MALHEUREUX QUI DANS UN MOMENT DE FOLIE TANT QUE NOUS ÉTIONS À LORETTE A QUITTÉ LA TRANCHÉE ET A REFUSÉ D'Y REVENIR.

VERS 4 HEURES, DEUX AUTOS ARRIVENT, UNE PORTANT LE PAUVRE MALHEUREUX ET L'AUTRE LES CHEFS QUI AVANT L'EXÉCUTION DEVAIENT LIRE LES RAPPORTS LE CONDAMNANT À LA PEINE DE MORT.
IL EST ARRIVÉ ENTRE DEUX GENDARMES, A REGARDÉ EN PASSANT LE POTEAU, PUIS À QUELQUES PAS PLUS LOIN ON LUI A BANDÉ LES YEUX. PUIS UNE FOIS LA LECTURE FAITE ON L'A CONDUIT AU POTEAU, OÙ, APRÈS AVOIR REÇU LES ORDRES DE SE METTRE À GENOUX, IL L'A FAIT SANS UN GESTE, NI UN MURMURE DE REFUS.
PENDANT CE TEMPS, LES DOUZE SOLDATS QUI ÉTAIENT CHARGÉS DE CE TRISTE TRAVAIL SE SONT MIS À SIX PAS COMPTÉS D'AVANCE PAR UN ADJUDANT COMMANDANT LE PELOTON D'EXÉCUTION.
PUIS APRÈS LUI AVOIR ATTACHÉ LES MAINS AU POTEAU ET NOUS AVOIR FAIT METTRE AU PRÉSENTEZ-ARMES NOUS AVONS ENTENDU LES TRISTES COMMANDEMENTS (« JOUE-FEU… »)

PUIS CE PAUVRE MALHEUREUX S'EST TORDU ET UN SERGENT LUI A DONNÉ LE COUP DE GRÂCE, UNE BALLE DE REVOLVER DANS LA TÊTE.
LE MAJOR EST ALLÉ VOIR ENSUITE S'IL ÉTAIT MORT, IL A LEVÉ LA TÊTE COMME QUI VEUT LE REGARDER PUIS PLUS RIEN. LE CRIME ÉTAIT ACCOMPLI. ENSUITE NOUS AVONS DÉFILÉ DEVANT LE CADAVRE QUI CINQ MINUTES AUPARAVANT ÉTAIT BIEN PORTANT ET QUI EST MORT EN BRAVE.
PUIS À VOUS PAUVRES ON VOUS DIT QUE LE MORAL EST EXCELLENT MAIS ON NE VOUS DIT PAS QUE CHAQUE JOUR ET PRESQUE DANS CHAQUE DIVISION IL Y EN A PLUS DE VINGT QUI PASSENT LE CONSEIL DE GUERRE, MAIS ILS NE SONT PAS TOUS CONDAMNÉS À MORT. ON VOUS DIT AUSSI : « LE SOLDAT EST BIEN NOURRI SUR LE FRONT, IL A DE TOUT DE RESTE » CE N'EST PAS DIFFICILE CAR CE QUE L'ON NOUS DONNE EST IMMANGEABLE. HEUREUSEMENT QU'AVEC LES COLIS QUE NOUS RECEVONS TOUS, NOUS POUVONS PRESQUE VIVRE.
JE TERMINE EN T'EMBRASSANT MILLE FOIS AINSI QU'AUX GOSSES ET À TOUTE LA FAMILLE. LE BONJOUR AUX VOISINS ET AMIS. REÇOIS MILLE BAISERS DE TON MARI AINSI QUE LES GOSSES. TON MARI MARCEL

« Que d’horribles blessures :
l’un a le poumon qui sort
et il ne se plaint pas,
l’autre a des débris de cerveau
sur son cou et ses épaules
et il veut marcher :
– Je veux qu’on me porte, dit-il. »

Maurice Antoine Martin-Laval

PRINTEMPS

Printemps, saisons de la mort qui pousse et de l'évidence des cycles brisés. Saisons des gelées tardives et des boutures avortées ; saisons de la vie qui ne se montre plus, saisons de la sève qui ne monte plus. Saisons du cafard, du découragement, de la solitude et de la détresse. Saisons du manque de famille. Printemps, saisons stériles. Visions des arbres arrachés, des troncs morts. Visions d'herbe sans herbe, de bourgeons sans bourgeons et de fleurs sans fleurs. Saison des bulbes empoisonnés. Saisons de la guerre totale. Saisons des amours sans amour. Paysages lunaires. Visions d'astre mort. Saisons des offensives inutiles et sanglantes. Saisons des mutineries stériles et désespérées. Saisons des sources étranglées ; saisons des tombes inondées. Saisons des gaz et des poisons. Nature avide et carnivore. Écluses rouillées. Corps jeunes et mal rasés qui pourrissent sous le gazon frais, avec pour seul horizon l'éternité mathématique des croix qui semblent dessiner dans l'enceinte des cimetières militaires les contours de ces jeux d'enfance qui servaient à tuer le temps, dans les écoles communales aujourd'hui désertées. Saisons des souvenirs toxiques. Saisons des permissions ratées. Saisons des enfants qui naissent trop loin. Saisons des lettres perdues, des fiançailles rompues. Saisons des jalousies. Saisons des femmes trop seules et des tromperies.

Le bal

Raymond Rollinat était un « honnête homme » âgé d'une cinquantaine d'années lorsque la France fut plongée dans les tourmentes de la Première Guerre mondiale. Rentier de son état, naturaliste, homme curieux passionné par les arts, les sciences et la botanique, il fut mobilisé sur place et fit partie des cadres responsables d'un hôpital de campagne installé dans des wagons garés à quai, dans la gare d'Argenton-sur-Creuse. Il eut pendant quatre ans et demi, parmi ses nombreuses activités, la triste tâche de réceptionner les corps des soldats blessés décédés durant leur transport. Après s'être acquitté des démarches administratives auprès de sa hiérarchie, il devait encore récupérer les effets personnels qui se trouvaient sur les malheureux, les inventorier, les trier, les rendre à leurs familles. Raymond Rollinat chargé de ce travail, ne se plaignait jamais, n'estimant faire que son devoir. Il ne se permettait qu'une chose : la rédaction d'un journal de guerre où il notait non seulement des données précises et techniques concernant à la fois la vie militaire et la vie quotidienne, mais aussi le trop-plein de son émotion, de sa tristesse, de son désespoir puis de son écœurement et de sa révolte. Il prenait aussi de nombreuses photographies sur plaques de verre pour illustrer ses propos.

17 juin 1917
28e carnet de Raymond Rollinat

Ce soir, au train de 10 h 11, un poilu qui avait un accordéon organisa un bal dans la salle de la buvette, transformée depuis longtemps en salle d'attente. On invita les demoiselles qui se trouvaient sur le quai, et on dansa ferme pendant les trois minutes d'arrêt du train. Personne ne disait rien ; Le silence était presque absolu et l'on n'entendait que l'instrument et le pas des danseurs. À trois reprises un employé vint siffler à la porte disant que le train allait partir. Enfin les poilus consentirent à y prendre place au cri de « Vive la Révolution ! »

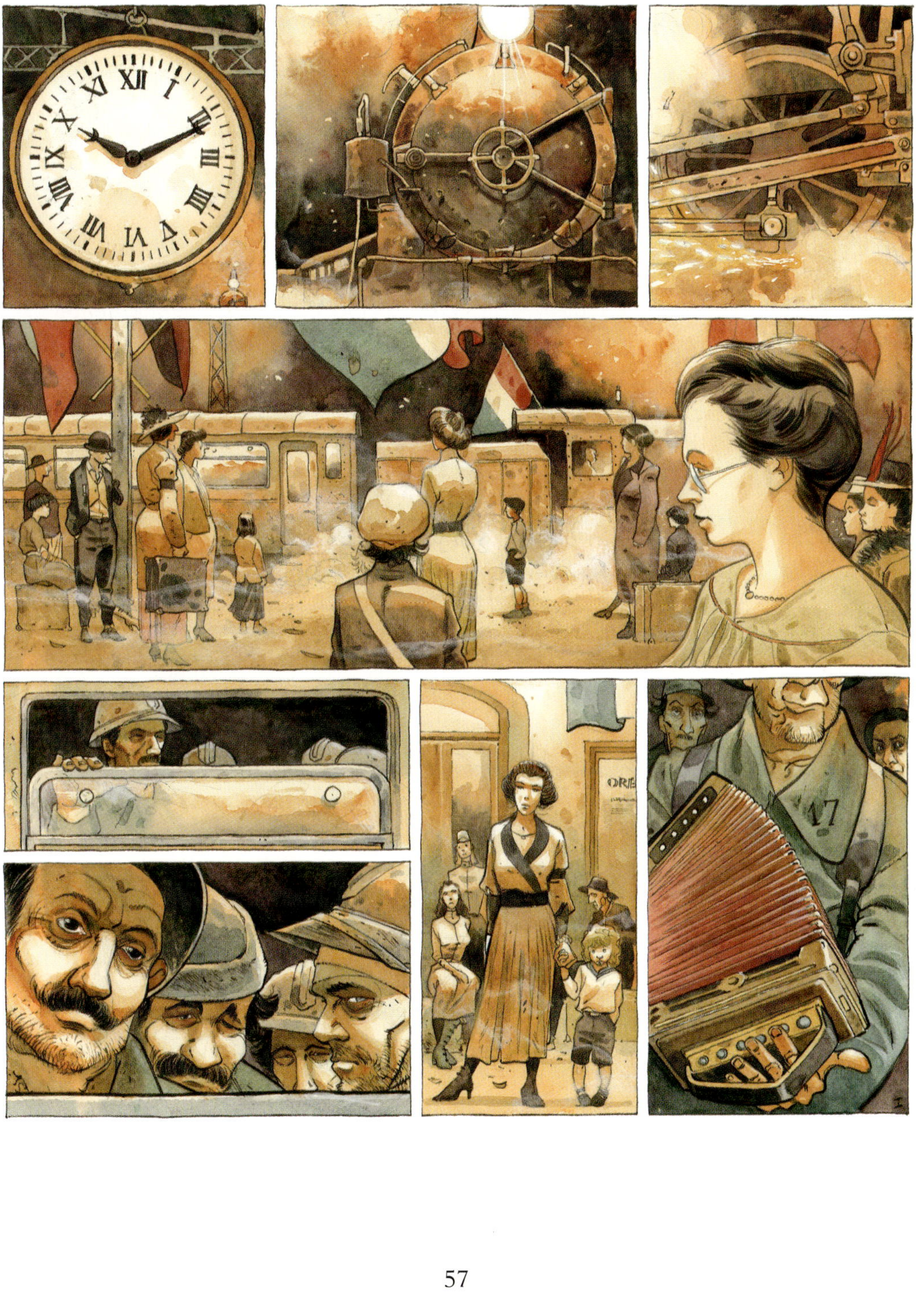

Emmanuel Lepage 06

Le casque boche

Martin Vaillagou est né le 28 juillet 1875 dans le Quercy. Il a épousé sa femme Eugénie en 1900. Le couple est rapidement venu travailler à Paris pour vivre. Ils ont fondé ensemble une entreprise de maçonnerie, vite prospère, et ils eurent deux enfants, Maurice et Raymond. Martin était admirateur de Jaurès et poète à ses heures. Versé dans le 247e régiment d'infanterie, il fut tué le 25 août 1915. Maurice, son fils aîné qui lui demandait de lui rapporter des balles ennemies et un casque de Prussien, a dû travailler après la mort de son père, dans une entreprise de produits chimiques. Il est mort d'une leucémie foudroyante en janvier 1918, trois ans après son père. Il avait quatorze ans.

Hiver 1914-1915

Voici pour Maurice.

Je vais exaucer les vœux à Maurice dans la mesure du possible. D'abord pour les lignes de combat, je vais tracer un plan au dos de cette feuille que tu pourras suivre et expliquer à maman à moins que maman comprenne mieux que Maurice. Pour les balles allemandes, je pourrai le faire. J'en apporterai quand je reviendrai. Pour le casque de Prussien cela n'est pas sûr. Ce n'est pas maintenant le moment d'aller les décoiffer. Il fait trop froid, ils pourraient attraper la grippe. Et puis mon pauvre Maurice, il faut réfléchir que les Prussiens sont comme nous. Vois-tu qu'un garçon prussien écrive à son père la même chose que toi et qu'il lui demande un képi de français, et si ce papa Prussien rapportait un képi de Français à son petit garçon et que ce képi fut celui de ton papa ? Qu'est ce que tu en penses ? Tu conserveras ma lettre et tu la liras plus tard quand tu seras grand. Tu comprendras mieux. À la place du casque de Prussien, je vais t'envoyer à toi, à Raymond, maman peut les recevoir aussi, des petites fleurs de primevères que les petits enfants (garçons et filles) du pays où je suis cueillaient autrefois et qui faisaient leur joie, et que moi, le grand enfant, j'ai cueilli cette année dans leur jardin pour te les envoyer. (Je ne les vole pas, elles se perdraient tout de même). Je vous les envoie pour que vous pensiez un peu à leur malheur de n'être plus dans leur maison. Je vois, je mets même mes ustensiles de cuisine sur un petit dodo de ces petits enfants. Il y en a là deux même que je ne peux voir sans penser à vous et les larmes aux yeux me disent que vous êtes tout de même heureux par rapport aux autres...

Martin Vaillagou

VOICI POUR MAURICE ...
... JE VAIS EXAUCER LES VOEUX DE MAURICE, DANS LA MESURE DU POSSIBLE ...
... POUR LES BALLES ALLEMANDES, JE POURRAI LE FAIRE ...
... POUR LE CASQUE DE PRUSSIEN, CELA N'EST PAS SÛR, CE N'EST PAS MAINTENANT LE MOMENT D'ALLER LES DÉCOIFFER ...
... IL FAIT TROP FROID, ILS POURRAIENT ATTRAPER LA GRIPPE. ET PUIS MON PAUVRE MAURICE, IL FAUT RÉFLÉCHIR QUE LES PRUSSIEN SONT COMME NOUS ...
... VOIS-TU QU'UN GARÇON PRUSSIEN ÉCRIVE À SON PÈRE LA MÊME CHOSE QUE TOI ET QU'IL DEMANDE UN KÉPI DE FRANÇAIS ...
1.

...ET SI CE PAPA PRUSSIEN RAPPORTAIT UN KÉPI DE FRANÇAIS À SON PETIT GARÇON ET QUE CE KÉPI FÛT CELUI DE TON PAPA...
... QU'EST CE QUE TU EN PENSES ?...
...TU CONSERVERAS MA LETTRE ET TU LA LIRAS PLUS TARD, QUAND TU SERAS GRAND, TU COMPRENDRAS MIEUX...
...À LA PLACE DU CASQUE PRUSSIEN, JE VAIS T'ENVOYER À TOI, À RAYMOND, MAMAN PEUT LES RECEVOIR AUSSI...
...DES PETITES FLEURS DE PRIMEVÈRE QUE LES ENFANTS DU PAYS CUEILLAIENT AUTREFOIS...

... QUI FAISAIENT LEUR JOIE ...
... ET QUE MOI, LE GRAND ENFANT ...
... J'AI CUEILLIES CETTE ANNÉE DANS LEUR JARDIN POUR TE LES ENVOYER ...
... JE VOUS LES ENVOIE POUR QUE VOUS PENSIEZ À LEUR MALHEUR DE N'ÊTRE PLUS DANS LEUR MAISON ...
... JE VOIS, JE METS MÊME MES USTENSILES DE CUISINE SUR UN PETIT DODO DE CES PETITS ENFANTS ...
... IL Y EN A LÀ DEUX, MÊME QUE JE NE PEUX VOIR SANS PENSER À VOUS ...
... ET LES LARMES AUX YEUX ME DISENT QUE VOUS ÊTES TOUT DE MÊME HEUREUX PAR RAPPORT AUX AUTRES.
FARNOTTE - MALLIÉ 06.
MARTIN VAILLAGOU.

ÉTÉS

Étés, saisons chaudes, saisons des orages. Saisons de la faux, fin de la fenaison ; moissons. Saisons de la rosée sur les champs de bataille. Saisons des fruits. Saisons des guêpes et des balles qui bourdonnent. Saisons du cœur. Amour de la mère. Saisons des petites amies que l'on ne connaîtra jamais. Orages d'acier ; temps des cerises mortes. Étés, saisons des noces rouges. Saisons des trois femmes de Munch : la jeune fille, la maîtresse et la mort ; et tous ceux, si nombreux, qui n'auront pas le temps d'aimer la première ou la seconde seront violés par la troisième... Étés, saisons des grillons qui craquettent au bord du gouffre. Saisons des mûres dans les ronces. Saisons des mouches et des moustiques, saisons des fosses communes et de la chaux. Saisons des relents d'odeurs infectes et des parfums tenaces. Saisons de l'eau aigrie dans les gourdes tièdes. Saisons des signes de vie et des aveux que l'on aurait cru ne jamais oser prononcer. Saisons des cris de l'âme qui cherche un drain, une soupape et laisse fuser le chant de sa déchirure sous forme de confidences obscènes. Étés, saisons de sueurs de larmes et de sang, saisons des marmites qui fusent et balayent en éclatant jusqu'au souvenir du rire des enfants, jusqu'à l'écho du chant des lavandières et des soupirs de la rivière quand les nuits de calme et de paix venaient l'étreindre. Étés, saisons des poissons morts qui pourrissent dans les mares asséchées. Saisons du gibier qui rêve en attendant l'ouverture de la chasse.

L'anniversaire

Maurice Drans avait vingt-trois ans en 1914. Né à Fresnay-sur-Sarthe, fils de commerçants, il avait fait ses études au Mans. Versé dans le 262e régiment d'infanterie, Maurice fit, lors d'une permission, la connaissance de Georgette Clabault, une jeune orpheline avec laquelle il se fiança en 1916. Blessé trois fois pendant la guerre, Maurice épousa Georgette mais leur couple ne dura pas. Comme tant d'autres, Maurice devint instable et bohème. Il exerça mille et un métiers. Il resta toute sa vie homme de lettres et obsédé d'écriture.

21 mai 1917

Avant-hier, étant de corvée de soupe avec Nicolas Leroux, je passais ma main sur l'échine pelée d'une des pauvres haridelles de notre « roulante ». Pauvre bête, disais-je, lamentable qui cache une âme pacifique avec ton grand œil mélancolique fixé sur quelque rêve de prairie, tu ressembles à tes frères les hommes de la tranchée ! Tu peines et tu es condamnée. Je l'ai revue ce matin, ayant terminé son temps sur la terre, les quatre fers en l'air et baignant dans son sang ; et tout de mèche, comme berçant son âme délivrée, sur une branche roucoulait une tourterelle.
Nicolas m'a dit : « C'est quasi d'la chair humaine, comme nous c'te bête-là ; c'est sans malice, comme nous, les galériens de cette vie de misère ; on peut pas dire qu'elle ait fait du mal, ni qu'elle était une embusquée, malachtoui ! pendant que ces salauds d'l'Autorité s'engraissent de nos malheurs ».
Je songeais à ce cœur silencieux, dédaigné, solitaire, qui fut un peu de sa douleur, de cette douleur qui s'en va avec la mort. Je songeais au bon trot qu'elle avait naguère, la bonne bête, hennissant sous sa crinière au vent. Je fermais les yeux et j'étais dans la voiture tirée par la Bichette sur la petite route de mon enfance, longeant la Sarthe qui coule entre les peupliers. Pourquoi cette pensée soudaine me venait-elle ? Là, dans ce décor tragique et lugubre ? Je ne sais pas. Peut-être parce que c'est aujourd'hui mon anniversaire et que, en ce temps-là, au bon trot de la voiture, tous ensemble nous allions le dire à grand-mère ; nous nous embrassions, nous étions heureux. C'était une fête, dans la famille, une fête entre toutes les fêtes : nous dressions la table dans la prairie, sous l'ombrage, pendant que gambadait Bichette sur les broutées fraîches. Aujourd'hui, personne ne me le souhaite, mon anniversaire...

Maurice

je fermais les yeux et j etais dans
la voiture tiree par
la bichette sur la petite route
DE MON ENFANCE..
.... pourquoi cette pensee
soudainement venait elle
..je ne sais, pas peut etre
parceque c est aujourd'hui
mon anniversaire...

...ensemble nous allions le dire
à grand mere...... nous etions heureux
c'etait une fête!!
VINS LIQUEURS
...une fête....

..aujourd'hui, personne
ne me le souhaite mon anniversaire..

Le compteur à gaz

Louis Bloch avait vingt-huit ans en 1914 et sa femme Lucie, vingt-trois. Lorsque la guerre éclata, leur petite fille Noëlle avait deux ans et demi. Elle fut confiée pendant le conflit à ses grands-parents, puisque son père et sa mère étaient mobilisés, l'un comme simple soldat qui devint très vite sergent, l'autre comme infirmière militaire. Avant la guerre, Louis était représentant de commerce et vendait des meubles. Louis et Lucie survécurent à la guerre, et leurs archives ne gardent aucune trace de la réponse de l'administrateur délégué de la Compagnie du Gaz de Paris…

Monsieur l'Administrateur,

Au reçu de votre lettre me réclamant la somme de 3I,75 Fr, pour frais de compteur, j'ai été stupéfait, mais la guerre m'ayant appris à vaincre les surprises, je suis resté calme et n'ai rien laissé voir de mon étonnement.

J'ose espérer que, si malgré le calme et le confort de vos bureaux, vous ignorez la situation actuelle, la France est en guerre contre plusieurs puissances, l'Allemagne, l'Autriche et le tutti quanti, vous pouvez ignorer par contre que Madame Bloch et moi, sommes partis chacun de notre côté pour faire notre devoir, Madame BLOCH comme infirmière militaire (actuellement Hôpital 73 à Vichy), moi comme soldat de 2e classe au 156e R.I.

Et, pendant qu'avec le 20e corps, nous tenions bon au Grand Couronné de Nancy, permettant aux troupes du centre de remporter la victoire de la Marne et d'éviter que les Allemands ne détériorent par bombardement quelques-unes de vos conduites quelques-uns de vos compteurs, la location du mien marchait toujours.

Je me trouvais donc dans la même situation que Passe Partout, le héros de Jules Verne, qui, pendant son voyage autour du monde avait laissé brûler son gaz.

Puis j'ai combattu quelque temps dans la Somme, puis en Belgique, dans l'eau, la boue et la pourriture, en antagonisme constant avec la maison d'en face.

Au mois de mai 19I5, le 20e corps se dirige sur Arras et je suis de ceux qui, les premiers, sortirent de la pour commencer la marche en avant.

Hélas, je n'ai pas été bien loin, une balle allemande m'a arrêté dans ma course sans arrêter pour cela la location de mon compteur qui, elle, continuait inexorablement sa marche ascendante, et je frémis d'épouvante en songeant que je pouvais être tué et que la location de mon compteur aurait continué jusqu'à la consommation des siècles (la seule qui soit gratuite).

Je veux croire, Monsieur, que cela n'est pas sérieux et que vous ne me réclamez pas cette somme en pleine connaissance de cause, car enfin, que ce compteur (qui ne compte rien du tout) soit là, chez moi ou dans vos entrepôts, n'est-ce pas la même chose ?

Enfin, je vous demande de reprendre votre compteur et d'arrêter les frais, je vous en prie, mais veuillez me tenir au courant de votre décision, afin que, lorsque je retournerai au feu, ce soit le cœur léger ou le front soucieux, suivant votre décision.

Veuillez agréer, Monsieur l'Administrateur Délégué, mes respectueuses salutations.

Louis Bloch

Monsieur l'Administrateur
Au reçu de votre lettre me réclamant la somme de 31,75 Fr pour frais de compteur, j'ai été stupéfait, mais la guerre m'ayant appris à vaincre les surprises, je suis resté calme et n'ai rien laissé voir de mon étonnement..
10
90
20
80
30
70
60
J'ose espérer que, si malgré le calme et le confort de vos bureaux, vous ignorez la situation actuelle, la France est en guerre contre plusieurs puissances, l'Allemagne, l'Autriche et le tutti quanti...
100
10
90
20
80
30
70
40
60
50
KUBIERE METERS
MÈTRES CUBES
vous pouvez ignorer par contre que Madame Bloch et moi, sommes partis chacun de notre côté pour faire notre devoir, Madame Bloch comme infirmière militaire (actuellement Hôpital 73 à Vichy), moi comme soldat de 2ème classe au 156ème RI...
KUBIERE METERS
MÈTRES CUBES
Et pendant qu'avec le 20ème corps, nous tenions bon au Grand Couronné de Nancy, permettant aux troupes du centre de remporter la victoire de la Marne et d'éviter que les allemands ne détériorent quelques uns de vos compteurs,
la location du mien marchait toujours.

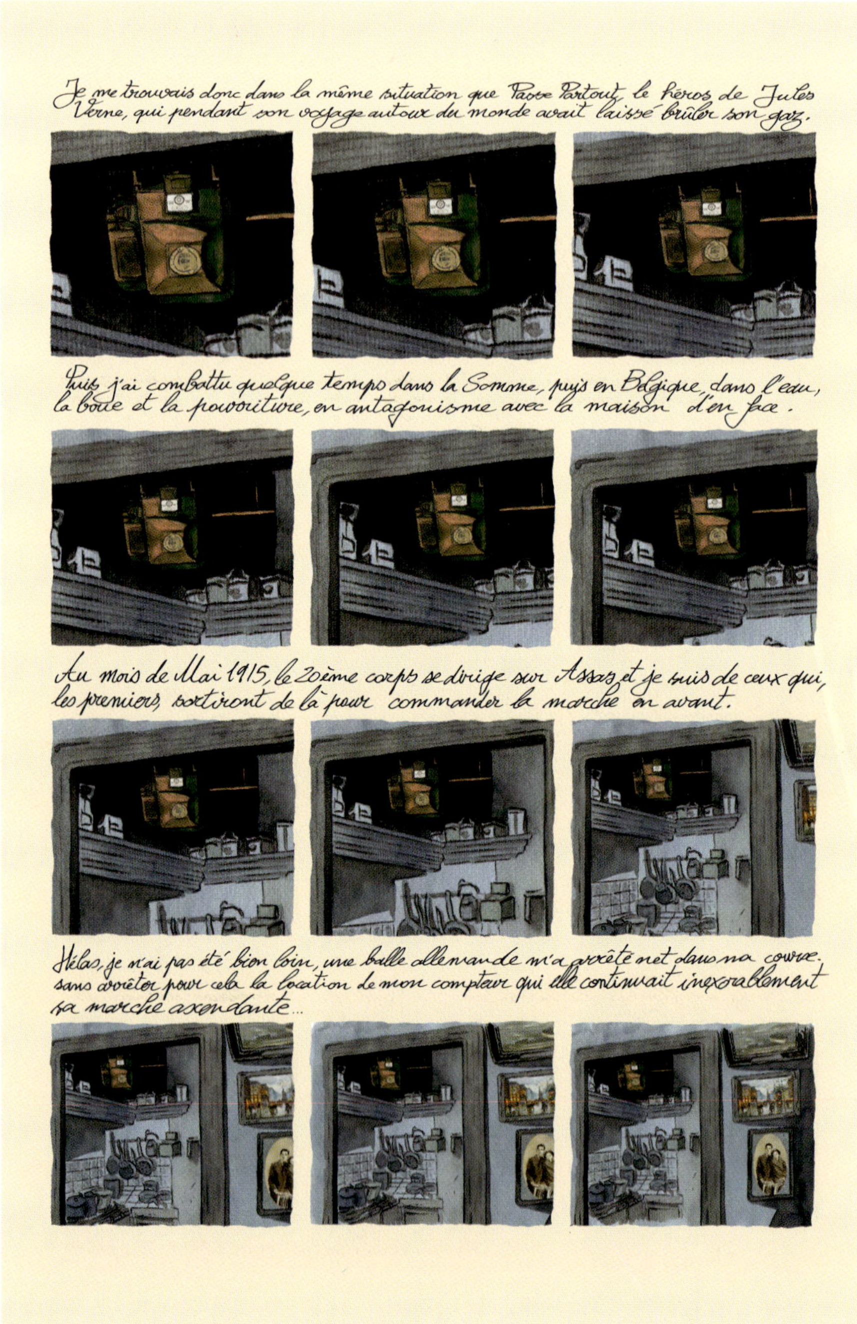
Je me trouvais donc dans la même situation que Passe Partout, le héros de Jules Verne, qui pendant son voyage autour du monde avait laissé brûler son gaz.
Puis j'ai combattu quelque temps dans la Somme, puis en Belgique, dans l'eau, la boue et la pourriture, en antagonisme avec la maison d'en face.
Au mois de Mai 1915, le 20ème corps se dirige sur Arras et je suis de ceux qui, les premiers, sortiront de là pour commander la marche en avant.
Hélas, je n'ai pas été bien loin, une balle allemande m'a arrêté net dans ma course. sans arrêter pour cela la location de mon compteur qui elle continuait inexorablement sa marche ascendante...

et je frémis d'épouvante en songeant que je pouvais être tué et que la location de mon compteur aurait continué jusqu'à la consommation des siècles (la seule qui soit gratuite).
Je veux croire, Monsieur que cela n'est pas sérieux et que vous ne me réclamez pas cette somme en pleine connaissance de cause, car enfin, que ce compteur (qui ne compte rien du tout) soit là, chez moi ou dans vos entrepôts, n'est-ce pas la même chose.
Enfin je vous demande de reprendre votre compteur et d'arrêter les frais je vous en prie, mais veuillez me tenir au courant de votre décision...
afin que, lorsque je retournerai au feu, ce soit le cœur léger ou le front soucieux, suivant votre décision.
Veuillez agréer, Monsieur l'Administrateur délégué mes respectueuses salutations.

DERNIER AUTOMNE

Dernier automne. Vendanges tardives. Saison des fumures et des ultimes boucheries. Halte au feu ! Saison de la paix qui se déchaîne aussi soudainement que la guerre avait pu le faire quatre ans plus tôt. Saison finale. Saison des ruines que l'on déblaie. Saison des paysages torturés et des terres stérilisées. Saison des traces. Saison des dernières lettres, des lettres testament. Il faut se mettre en règle avec la mort. Il faut se mettre en règle avec la vie que l'on va quitter. Saison des conséquences. Repos des guerriers sans sommeil. Saison des cauchemars qui empoisonneront la paix. Saison des veuves de guerre, des orphelins, des pensionnés, des oubliés. Saison des disparus et des morts inconnus. Saison de la « victoire », de ses parades et de ses défilés. Saison de la grippe espagnole. Saison des futurs anciens combattants qui auront tant de mal à pouvoir se passer d'alcool. Saison du deuil et des rubans de crêpe noir. Saison des réparations, des prothèses et des appareillages. Saison des yeux qui n'osent pas regarder en face les gueules cassées, les borgnes, les infirmes, les grabataires, les culs-de-jatte, les manchots, les gazés, les trépanés, les boiteux, les unijambistes et les paralysés. Saison des invalides et des mutilés. Saison des prisonniers qui rentrent et de ceux qui ne rentrent pas. Saison des armées d'occupation. Saison de fermentation pour une guerre à venir qui verrait un jour, vingt ans plus tard, certains poilus de 14, survivants d'un premier enfer, rajouter une autre décoration à leurs médailles : une décoration trop grande et souvent mal cousue, en forme d'étoile jaune…

LE RÊVE DE PÉTAIN
(FERMETURE)

Le résultat de l'enquête diligentée par Pétain est catastrophique… Le contenu des correspondances révèle un désastre… Aux yeux de Pétain, ces soldats ont un esprit hautement subversif. Ils refusent de diaboliser l'ennemi. Ils portent un regard ironique sur leur hiérarchie. Certains sont juifs… Et pourtant tous font leur devoir en héros… La mort dans l'âme, Pétain se rallie à la thèse opposée à la sienne : pour immortaliser à tout jamais la bravoure de la Nation en faisant d'un obscur Poilu l'étoile emblématique des cinquante-deux mois de guerre qui viennent de déchirer son pays, pour rendre honneur au million et demi de morts dont 300 000 disparus dont on ne retrouva jamais le corps ou l'identité, il ne fallait surtout pas identifier le mythe : mieux valait choisir un soldat inconnu… Le 11 novembre 1920, le corps d'un soldat français mort pendant la Première Guerre mondiale est déposé dans une chapelle ardente au premier étage de l'Arc de triomphe à Paris. En hommage à tous les « Poilus » tombés pour la France, il sera plus tard inhumé sous la voûte de l'Arc. Le même jour, le soldat inconnu anglais est inhumé dans l'abbaye de Westminster. Le corps du soldat inconnu français a été tiré au sort par un jeune soldat de la garde d'honneur, Auguste Thien, parmi huit cercueils de combattants non identifiés. Ce soldat devait impérativement être tombé au champ d'honneur, être de nationalité française et être totalement anonyme.

Il semblerait que d'autres Poilus morts avaient été pressentis pour composer cet « échantillon représentatif » mais que certains corps aient été abandonnés parce qu'ils étaient ceux de soldats sénégalais…
Le 28 janvier 1921, à 8 heures du matin, le cercueil du Soldat inconnu a été inhumé sous l'Arc de triomphe, en présence de Louis Barthou et de Lloyd George ainsi que de nombreuses personnalités civiles et militaires.

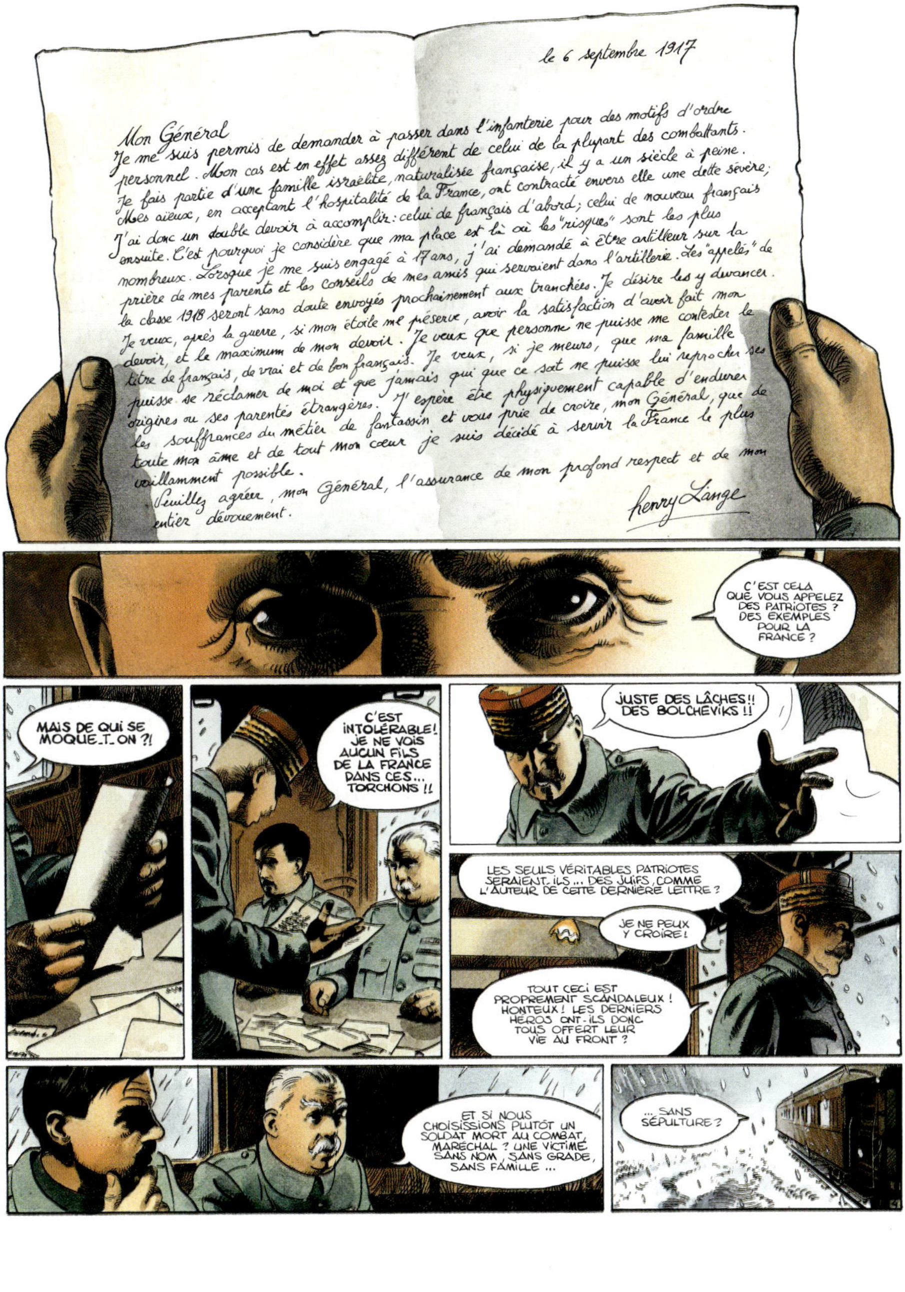
le 6 septembre 1917
Mon Général
Je me suis permis de demander à passer dans l'infanterie pour des motifs d'ordre
personnel. Mon cas est en effet assez différent de celui de la plupart des combattants.
Je fais partie d'une famille israélite, naturalisée française, il y a un siècle à peine.
Mes aïeux, en acceptant l'hospitalité de la France, ont contracté envers elle une dette sévère;
J'ai donc un double devoir à accomplir: celui de français d'abord; celui de nouveau français
ensuite. C'est pourquoi je considère que ma place est là où les "risques" sont les plus
nombreux. Lorsque je me suis engagé à 17 ans, j'ai demandé à être artilleur sur la
prière de mes parents et les conseils de mes amis qui servaient dans l'artillerie. Les "appelés" de
la classe 1918 seront sans doute envoyés prochainement aux tranchées. Je désire les y devancer.
Je veux, après la guerre, si mon étoile me préserve, avoir la satisfaction d'avoir fait mon
devoir, et le maximum de mon devoir. Je veux que personne ne puisse me contester le
titre de français, de vrai et de bon français. Je veux, si je meurs, que ma famille
puisse se réclamer de moi et que jamais qui que ce soit ne puisse lui reprocher ses
origines ou ses parentés étrangères. J'espère être physiquement capable d'endurer
les souffrances du métier de fantassin et vous prie de croire, mon Général, que de
toute mon âme et de tout mon cœur je suis décidé à servir la France le plus
vaillamment possible.
Veuillez agréer, mon Général, l'assurance de mon profond respect et de mon
entier dévouement.
henry Lange
C'EST CELA QUE VOUS APPELEZ DES PATRIOTES ? DES EXEMPLES POUR LA FRANCE ?
MAIS DE QUI SE MOQUE-T-ON ?!
C'EST INTOLÉRABLE! JE NE VOIS AUCUN FILS DE LA FRANCE DANS CES... TORCHONS !!
JUSTE DES LÂCHES!! DES BOLCHEVIKS !!
LES SEULS VÉRITABLES PATRIOTES SERAIENT-ILS... DES JUIFS, COMME L'AUTEUR DE CETTE DERNIÈRE LETTRE ?
JE NE PEUX Y CROIRE!
TOUT CECI EST PROPREMENT SCANDALEUX ! HONTEUX! LES DERNIERS HÉROS ONT-ILS DONC TOUS OFFERT LEUR VIE AU FRONT ?
ET SI NOUS CHOISISSIONS PLUTÔT UN SOLDAT MORT AU COMBAT, MARÉCHAL ? UNE VICTIME SANS NOM, SANS GRADE, SANS FAMILLE ...
... SANS SÉPULTURE ?

UN SOLDAT INCONNU ? C'EST BIEN CELA QUE VOUS SUGGÉREZ ?
LE SYMBOLE DE NOTRE NATION SERAIT DONC POUR AINSI DIRE HONTEUX D'AFFICHER SON IDENTITÉ ?
JE NE SAIS PAS SI J'AIME CETTE IDÉE, MESSIEURS.
VOYEZ-Y PLUTÔT LA RECONNAISSANCE, LA CONSÉCRATION D'UN SIMPLE SOLDAT MORT EN HÉROS COMME TANT D'AUTRES QUIDAMS, MARÉCHAL, LE PEUPLE APPRÉCIERA...
MMM... TANT QUE NOUS NE CHOISISSONS PAS L'UN DE CES HORRIBLES TIRAILLEURS...
BIEN... QU'IL EN SOIT DONC AINSI...
L'HISTOIRE DIRA SI NOUS AVONS EU TORT OU RAISON...
LA PLUIE
LA PLUIE MAINTENANT...

PUIS, LA BOUE
TOUJOURS
À JAMAIS
AU SOLDAT INCONNU, REPRÉSENTANT ANONYME ET TRIOMPHAL DE LA FOULE HÉROÏQUE DES POILUS.
ICI REPOSE EN PAIX UN SOLDAT MORT POUR LA PATRIE...
SON NOM FAIT PARTIE DE LA RELIGION DE LA FRANCE...

Notes :

Les six pages ouvrant et fermant cet album, intitulées « Le rêve de Pétain », sont de pure fiction.

Certaines erreurs orthographiques et grammaticales présentes dans les lettres originales ont été volontairement conservées.

Cet ouvrage n'aurait pu voir le jour sans le concours indirect des enfants, petits-enfants et arrière-petits-enfants de Poilus qui répondirent, en 1998, à l'appel de Radio France et qui transmirent, par le biais de lettres et journaux de guerre, la mémoire de leurs aïeux.

Mille mercis à Jean-Pierre Guéno pour son enthousiasme et son soutien tout au long de la conception de ce projet.

Illustration de couverture : Mathieu Lauffray

Librio

798

Composition PCA – 44400 Rezé
Achevé d'imprimer en France par Vincent Imprimeries
en avril 2007 pour le compte de E.J.L.
87, quai Panhard-et-Levassor, 75013 Paris
Dépôt légal avril 2007
1er dépôt légal dans la collection: décembre 2006

Diffusion France et étranger : Flammarion